三綱(삼강)

父 爲 子 綱(부 위 자 강)
아들은 아버지를 섬기는 근본이고
君 爲 臣 綱(군 위 신 강)
신하는 임금을 섬기는 근본이고
夫 爲 婦 綱(부 위 부 강)
아내는 남편을 섬기는 근본이다.

五倫(오륜)

君 臣 有 義(군 신 유 의)
임금과 신하는 의가 있어야 하고
父 子 有 親(부 자 유 친)
아버지와 아들은 친함이 있어야 하며
夫 婦 有 別(부 부 유 별)
남편과 아내는 분별이 있어야 하며
長 幼 有 序(장 유 유 서)
어른과 어린이는 차례가 있어야 하고
朋 友 有 信(붕 우 유 신)
벗과 벗은 믿음이 있어야 한다.

원본해설

명심보감
(明心寶鑑)

우성출판사

머 리 말

명심보감은 어린이들의 품격과 인품을 수양하기 위해 만든 것으로, 주로 중국의 고전에서 이에 맞는 보배로운 말이나 글을 가려서 뽑은 것이다. 조선시대에 글방에서 글을 처음으로 배우는 아이들에게 널리 읽혔던 일종의 교과서이다.

모두 163토막으로 계선(繼善), 천명(天命),권학(勸學), 치가(治家) 등 24부문으로 나누어진 한문 교양서로, 고려 충렬왕 때 문신이던 추적(秋適)이 엮었다고 한다.

명심보감은 단순하게 아이들에게 한문을 익히게 하려고 가르쳤던 것이 아니다. 아이들이 앞으로 성장하면서 마음 에 새겨두어야 할 사물을 보는 가치관이며 인생관이다.

사람의 도리를 지키는 일이며, 하늘의 뜻을 거스르지 않는 행동이며, 집안을 다스리는 일, 친구를 사귀는 일, 공를 하는 일 등에 사람이 살아가면서 만나게 되는 모든 문제에 대하여 기본으로 가지고 지켜야될 방향을 제시하고 있다.

명심보감은 많은 세월이 흐른 오늘날 우리에게 많은 교훈과 지침을 주는 말이다.

이 책에서는 뜻풀이 뿐만 아니라 그 구절에 담긴 의미를 담아 그 내용을 더 쉽게 이해하도록 재편집하였다.

— 차 례 —

繼 善 篇
계 선 편

子曰爲善者는 天報之以福하고
자 왈 위 선 자 천 보 지 이 복

爲不善者는 天報之以禍니라
위 불 선 자 천 보 지 이 화

☞ 뜻풀이

공자가 말씀하시기를 착한 일을 하는 사람은 하늘이 복으로써 갚아주고 악한 일을 하는 사람은 하늘이 재앙을 주시느니라.

☞ 의 미

사람이 악을 버리고 선을 행할 것을 강조한 글이다.

福(복 복) 報(갚을 보) 禍(재앙 화)

漢昭烈이 將終에 勅後主曰勿以善
한 소 열 장 종 칙 후 주 왈 물 이 선

小而不爲하고 勿以惡小而爲之하라
소 이 불 위 물 이 악 소 이 위 지

☞ 뜻풀이

한나라 소열이 죽음에 이르러 아들 후주에게 조칙을 내려서 말하기를 착한 것이 적다고 하지 말고 악한 것이 적다고 하라.

☞ 의 미

착한 일은 아무리 작은 것이라도 실천을 해야 하며 악한 일은 아무리 작은 것이라도 해서는 안된다.

勅(조서 칙)

莊子曰一日不念善이면
장 자 왈 일 일 불 념 선

諸惡이 皆自起니라
제 악 개 자 기

☞ 뜻풀이

장자가 말씀하시기를 하루라도 착한 것을 생각하지 아니하면 모든 악한 것이 스스로 다 일어나느니라.

☞ 의 미

사람이 잠시라도 머리속에 착한 것을 두고 있지 않으면 인간의 마음이 방종하여 나쁜 일을 하게 되니 미리 악의 일어남을 막아야 한다.

念(생각 념) 諸(모두 제) 起(일어날 기)

太公이 日見善如渴하고 聞惡如聾하라
태 공 왈 견 선 여 갈 문 악 여 롱

又曰善事란 須貪하고 惡事란 莫樂하라
우 왈 선 사 수 탐 악 사 막 락

☞ 뜻풀이

태공이 말씀하시기를 착한 것을 보거든 목이 말라 물을 구하듯이 하고 악한 것을 듣거든 귀머거리같이 하라. 또 착한 일은 모름지기 탐을 내고 악한 일은 즐겨하지 말라.

☞ 의 미

착한 일은 욕심을 내서 하고 악한 것은 듣지도 보지도 말라는 것이다.

渴(목마를 갈) 聾(귀먹을 농)

馬援이 曰終身行善이라도 善猶不足이요
마원 왈종신행선 선유부족

一日行惡이라도 惡自有餘니라
일일행악 악자유여

☞ 뜻풀이

마원이 말씀하시기를 일생을 두고 착한 일을 하여도 착한 것이 오히려 모자라고, 단 하루라도 악한 일을 하면 악은 스스로 남아 있느니라.

☞ 의 미

착한 일은 평생을 두고해도 부족하지만 악한 일은 단 한번을 해도 자국이 남는 것이다.

善(착할 선) 終(마칠 종) 餘(남을 여)

司馬溫公이 曰積金以遺子孫이라도
사마온공 왈적금이유자손

未必子孫이 能盡守요
미필자손 능진수

積書以遺子孫이라도 未必子孫이
적서이유자손 미필자손

能盡讀이니 不如積陰德於冥冥之中하야
능진독 불여적음덕어명명지중

以爲子孫之計也니라
이위자손지계야

☞ 뜻풀이

사마온공이 말씀하시기를 재물을 모아서 자손에게 물려 주더라도 반드시 자손이 다 잘 지키지 못할 것이요, 책을 모아서 자손에게 물려 주더라도 반드시 자손이 다 읽지 못할 것이니, 남모르는 가운데 덕을 쌓아서

자손을 위한 계교를 하느니만 같지 못하느니라.

☞ 의 미

자손들이 오래도록 잘 살기를 바란다면 재물이나 책을 남겨주는 것보다 선행이나 덕을 베푸는 것이 제일 좋은 방법이다.

積(쌓을 적) 遺(끼칠 유) 讀(읽을 독) 冥(어두울 명) 計(꾀할 계)

景行錄에 曰恩義를 廣施하라
경 행 록 왈 은 의 광 시

人生何處不相逢이랴 讐怨을 莫結하라
인 생 하 처 불 상 봉 수 원 막 결

路逢狹處면 難回避니라
노 봉 협 처 난 회 피

☞ 뜻풀이

경행록에 이르기를 은혜와 의리를 넓게 베풀어라. 사람이 어느 곳에 살든지 서로 만나지 않겠느냐? 원수와 원한을 맺지 말라. 길이 좁은 곳에서 만나면 피하기 어려우니라.

☞ 의 미

사람은 언제나 의리와 은혜를 베푸는데 힘써야 한다. 원한을 산다면 보복이 두려워서 마음놓고 살 수 없다.

施(베풀 시) 讐(원수 수) 結(맺을 결) 狹(좁을 협) 避(피할 피)

莊子曰於我善者도 我亦善之하고
장 자 왈 어 아 선 자 아 역 선 지

於我惡者도 我亦善之니라 我旣於人에
어 아 악 자 아 역 선 지 아 기 어 인

無惡이면 人能於我에 無惡哉니라
무 악 인 능 어 아 무 악 재

☞ 뜻풀이

장자가 말씀하시기를 나에게 착한 일을 하는 사람에게도 내가 또한 착하게 대하고 나에게 악한 일을 하는 사람에게도 내가 또한 착하게 대할지니라. 내가 이미 남에게 악하게 아니하였으면 남도 나에게 악하게 하는 일이 없을 것이니라.

☞ 의 미

사람은 언제나 남의 잘못을 용서할 줄 아는 넓은 마음이 있어야 한다.

旣(이미 기)

東岳聖帝垂訓에 曰一日行善이라도
동 악 성 제 수 훈 왈 일 일 행 선

福雖未至나 禍自遠矣오 一日行惡이라도
복 수 미 지 화 자 원 의 일 일 행 악

禍雖未至나 福自遠矣니 行善之人은
화 수 미 지 복 자 원 의 행 선 지 인

如春園之草하여 不見其長이라도
여 춘 원 지 초 불 견 기 장

日有所增하고 行惡之人은
일 유 소 증 행 악 지 인

如磨刀之石하야 不見其損이라도
여 마 도 지 석 불 견 기 손

日有所虧니라
일 유 소 휴

☞ 뜻풀이

동악 성제가 훈계를 내려 말하기를 하루 착한 일을 할지라도 복은 비록 바로 나타나지 아니하나 화는 저절로 떨어질 것이오, 하루 악한 일을 하

면 화는 비록 바로 나타나지 않으나 복이 스스로 멀어지느니라. 착한 일을 행하는 사람은 봄동산에 풀과 같아서 그 풀이 자라나는 것은 보이지 않으나 날마다 더하여 늘어가는 것이 있고 악한 일을 행하는 사람은 칼을 가는 숫돌과 같아서 그 숫돌이 갈리어서 닳아 없어지는 것이 보이지 않아도 날이 갈수록 숫돌이 닳아 없어지는 것과 같으니라.

☞ 의 미

선행은 모르는 사이에 꽃을 피우고 악행은 모르는 사이에 인간의 삶을 소멸의 길로 이끌어 간다.

磨(갈 마) 虧(이그러진 휴) 雖(비록 수) 遠(멀 원) 增(더할 증) 損(감할 손)

子曰見善如不及하고
자 왈 견 선 여 불 급

見不善如探湯하라
견 불 선 여 탐 탕

☞ 뜻풀이

공자가 말씀하시기를 착한 것을 보거든 아직도 부족한 것 같이 하며 착하지 못한 것을 보거든 끓는 물을 더듬는 것과 같이 하라.

☞ 의 미

선을 행하는 것에 힘쓰고 악은 멀리 하라.

及(미칠 급) 探(찾을, 더듬을 탐) 湯(물끓일 탕)

天命篇
천 명 편

子曰順天者는 存하고 逆天者는 亡이니라
자 왈 순 천 자 존 역 천 자 망

☞ 뜻풀이

공자가 말씀하시기를 천명을 따르는 사람은 살고 천명을 거스리는 사람은 망하느니라.

☞ 의 미

선은 하늘의 뜻을 따르는 것이고 악은 하늘의 뜻을 거역하는 것이다.

順(따를 순) 逆(거스릴 역)

康節邵先生이 曰天聽이 寂無音하니
강 절 소 선 생 왈 천 청 적 무 음

蒼蒼何處尋고 非高亦非遠이라
창 창 하 처 심 비 고 역 비 원

都只在人心이니라
도 지 재 인 심

☞ 뜻풀이

강절소 선생이 말씀하시기를 하늘의 들음이 고요하여 소리가 없다. 푸르고 푸른 어느 곳을 찾을고, 높지도 아니하고 또 멀지도 아니한지라 모두가 다만 사람의 마음에 있는 것이니라.

☞ 의 미

하늘은 내 마음 속에 있다.

寂(고요할 적) 蒼(푸를 창) 都(모두 도) 只(다만 지, 다만 단)

玄帝垂訓에 曰人間私語라도
현 제 수 훈 왈 인 간 사 어

天聽은 若雷하고 暗室欺心이라도
천 청 약 뢰 암 실 기 심

神目은 如電이니라
신 목 여 전

☞ 뜻풀이

현제가 훈제를 내려 말씀하시기를 사람의 사사로운 말이라도 하늘이 들으면 우뢰와 같고 어두운 방에서 마음을 속일지라도 귀신의 눈은 번개와 같으니라.

☞ 의 미

사람은 남이 보이지 않는 곳일지라도 행동을 바르게 해야 한다.

聽(들을 청) 雷(우뢰 뢰) 暗(어둘 암) 欺(속일 기) 電(전기 전)

益智書에 云惡鑵이 若滿이면
익 지 서 운 악 관 약 만

天必誅之니라
천 필 주 지

☞ 뜻풀이

익지서에 이르기를 나쁜 마음이 가득하면 하늘이 반드시 벌할 것이니라.

☞ 의 미

사람의 마음속에 나쁜 생각이 많이 있으면 그 생각에 대한 벌을 받게 된다.

滿(가득할 만) 誅(책할 주)

莊子曰若人이 作不善하야
장 자 왈 약 인 작 불 선

得顯名者는 人雖不害나 天必戮之니라
득현명자 인수불해 천필육지

☞ 뜻풀이

장자가 말씀하시기를 만일 사람이 착하지 못한 일을 하여 이름을 세상에 나타낸 자는 사람은 비록 해치지 않더라도 하늘이 반드시 이를 죽일 것이니라.

☞ 의 미

악한 일로 세상에서 부귀와 영화를 얻어 누리더라도 하늘이 그냥 두지 않는다.

顯(나타날 현) 害(해할 해) 戮(죽일 육)

種瓜得瓜요 種豆得豆니
종과득과 종두득두

天網이 恢恢하야 疎而不漏니라
천망 회회 소이불루

☞ 뜻풀이

오이씨를 심으면 오이를 얻을 것이요 콩을 심으면 콩을 얻을 것이니 하늘은 넓고 넓어서 보이지 않으나 새지는 아니하느니라.

☞ 의 미

사람이 선을 행하면 복이 오고, 악을 행하면 재앙을 받는다.

豆(팥 두) 網(그물 망) 瓜(오이 과) 恢(클 회) 疎(성길 소) 漏(셀 루)

子曰獲罪於天이면 無所禱也이니라
자왈획죄어천 무소도야

☞ 뜻풀이

공자가 말씀하시기를 나쁜 일을 하여 하늘에서 죄를 얻으면 빌 곳이 없느니라.

順命篇
순 명 편

子曰死生이 有命이오 富貴在天이니라
자 왈 사 생 유 명 부 귀 재 천

☞ 뜻풀이

공자가 말씀하시기를 죽고 사는 것은 명에 있는 것이요, 부자가 되는 것이나 귀하게 되는 것은 하늘에 있느니라.

☞ 의 미

사람이 죽고 사는 것이 하늘의 뜻이 듯이 부귀는 사람이 억지로 얻을 수 없는 것이다.

萬事分已定이어늘 浮生이 空自忙이니라
만 사 분 이 정 부 생 공 자 망

☞ 뜻풀이

모든 일은 나뉘어 이미 정해져 있거늘 세상 사람이 부질없이 스스로 바빠하느니라.

☞ 의 미

세상의 모든 일은 이미 정해져 있다.

浮(정신못차릴 부) 忙(바쁠 망)

景行錄에 云禍不可以倖免이오
경 행 록 운 화 불 가 이 행 면

福不可以再求니라
복 불 가 이 재 구

☞ 뜻풀이

경행록에 이르기를 화는 가히 뜻밖에 얻은 행복으로 면하지 못할 것이요 복은 가히 두 번 다시 얻지 못할 것이니라.

☞ 의 미

꼭 닥쳐오는 재앙은 피할 수 없으며 버린 복은 두번 다시 잡을 수 없다.

倖(요행 행) 免(면할 면) 求(구할 구)

時來風送滕王閣이오
시 래 풍 송 등 왕 각

運退雷轟薦福碑라
운 퇴 뢰 굉 천 복 비

☞ 뜻풀이

때를 만나면 왕발이 순풍을 만나 등왕각에 가서 하룻밤에 시문을 지어 이름을 높히듯 잘되고 운수가 나쁘면 천복비에 벼락이 떨어져 비석이 깨져 천신만고가 수포로 돌아가는 것이니라.

☞ 의 미

운명의 필연성을 강조한 것이다.

送(보낼 송) 轟(울릴 굉) 薦(천거할 천)

列子曰痴聾痼瘂도 家豪富요
열 자 왈 치 롱 고 아 가 호 부

智慧聰明도 却受貧이라
지 혜 총 명 각 수 빈

年月日時該載定하니
년 월 일 시 해 재 정

算來由命不由人이니라
산 래 유 명 불 유 인

☞ 뜻풀이

열자가 말씀하시기를 어리석고 귀먹고 고질이 있는 벙어리라도 집은 호화롭고 부자요 지혜 있고 영리하지만 도리어 가난하느니라. 운수는 해와 달과 시가 분명히 정하여 있으니 계산해 보면 부하고 가난함은 사람에 말미암음에 있지 않고 명에 있느니라.

☞ 의 미

부귀와 빈천은 사람의 운명에 달렸으니 억지로 얻을 수 없다.

痴(어리석을 치) 痼(고질병 고) 慧(밝을 혜) 聰(귀밝을 총)

受(받을 수)) 載(비롯 재) 算(셈할 산)

孝行篇
효 행 편

詩曰父兮生我하시고 母兮鞠我하시니
시 왈 부 혜 생 아　　모 혜 국 아

哀哀父母여 生我劬勞삿다
애 애 부 모　생 아 구 로

欲報深恩인데 昊天罔極이로다
욕 보 심 은　호 천 망 극

☞ 뜻풀이

시전에 말하기를 아버지 나를 낳으시고 어머니 나를 기르시니 애달프고 슬프도다 나를 낳아 기르시기에 애쓰시고 수고하셨도다. 그 깊은 은혜를 갚고자 한다면 하늘같이 다함이 없도다.

☞ 의 미

어버이의 은혜는 끝이 없으니 보답할 길이 없다.

兮(어조사 혜)　鞠(기를 국)　劬(힘쓸 구))　昊(하늘 호)

罔(없을 망))　極(다할 극)

子曰孝子之事親也에 居則致其敬하고
자 왈 효 자 지 사 친 야　거 칙 치 기 경

養則致其樂하고 病則致其憂하고
양 칙 치 기 락　병 칙 치 기 우

喪則致其哀하고 祭則致其嚴이니라
상 칙 치 기 애　제 칙 치 기 엄

☞ 뜻풀이

공자가 말씀하시기를 효자가 어버이를 섬기는 것은 기거하심에 그 공경함을 다하고 받들어 섬기는 데는 그 즐거움을 다하고 병이 들었을 때는 그 근심을 다하고 죽음을 맞았을 때는 그 슬픔을 다하고 제사가 있을 때는 그 엄숙함을 다할지니라.

☞ 의 미

자식이 부모를 섬기는 방법을 설명한 글이다.

致(이를 치) 祭(제사 제)) 嚴(엄할 엄) 憂(근심 우)

子曰父母在어시든 不遠遊하며
자 왈 부 모 재 불 원 유 .

遊必有方이니라
유 필 유 방

☞ 뜻풀이

공자가 말씀하시기를 부모가 살아 계시거든 멀리 떨어져 놀지말 것이며 놀 때에는 반드시 가는 곳을 알릴지니라.

☞ 의 미

부모를 모시고 사는 사람은 행동을 함부로 할 수 없다.

遊(놀 유)

子曰父命召어시든 唯而不諾하고
자 왈 부 명 소 유 이 불 락

食在口則吐之니라
식 재 구 칙 토 지

☞ 뜻풀이

공자가 말씀하시기를 아버지께서 부르시거든 속히 대답하여 거슬리지 말고 음식이 입에 있거든 곧 뱉고 대답할지니라.

☞ 의 미

아버지의 부르심에 답할 때는 조심스럽게 해야 한다.

召(부를 소) 諾(허락할 락) 吐(토할 토)

太公이 曰孝於親이면 子亦孝之하나니
태 공 왈 효 어 친 자 역 효 지

身旣不孝면 子何孝焉이리오
신 기 불 효 자 하 효 언

☞ 뜻풀이

태공이 말씀하시기를 내가 어버이께 효도하면 내 자식이 또한 효도하나니 내가 이미 효도하지 못하였으면 자식이 어찌 효도하리오.

☞ 의 미

내가 부모에게 효도를 하면 자식이 본을 받아 나에게 효도할 것이다.

孝順은 還生孝順子요 忤逆은
효 순 환 생 효 순 자 오 역

還生忤逆子하나니 不信커든
환 생 오 역 자 불 신

但看簷頭水하라 點點滴滴不差移니라
단 간 첨 두 수 점 점 적 적 불 차 이

☞ 뜻풀이

효도하고 순한 사람은 도로 효도하고 순한 자식을 낳을 것이요, 어그러지고 거슬리는 사람은 역시 어그러지고 거스리는 자식을 낳나니, 믿지 못하겠거든 오직 처마 끝에 물을 보아라. 점점이 떨어지고 떨어짐이 어긋남이 없느니라.

☞ 의 미

부모에게 효도를 다하는 것이 자신도 자식들로부터 효도를 받는 길이다.

正 己 篇
정 기 편

性理書에 云見人之善而尋己之善하고
성리서 운견인지선이심기지선

見人之惡而尋己之惡이니 如此면
견인지악이심기지악 여차

方是有益이니라
방시유익

☞ 뜻풀이

성리서에 이르기를 남의 착한 것을 보고서 나의 착한 것을 찾고 남의 악한 것을 보고서 자기의 악한 것을 찾을 것이니, 이와 같이 함으로써 바야흐로 유익함이 있을 것이니라.

☞ 의 미

선한 사람과 악한 사람은 모두 나의 스승이다.

尋(찾을 심) 益(더할 익)

景行錄에 云大丈夫當容人이언정
경행록 운대장부당용인

無爲人所容이니라
무위인소용

☞ 뜻풀이

경행록에 이르기를 대장부는 마땅히 남을 용납할지언정 남에게 용서를 받는 사람이 되지 말지니라.

☞ 의 미

사람은 언제나 올바른 길을 가야한다.

錄(서적 록) 丈(어른 장) 當(마땅히 당) 容(얼굴 용)

太公曰勿以貴己而賤人하고
태 공 왈 물 이 귀 기 이 천 인

勿以自大而蔑小하고
물 이 자 대 이 멸 소

勿以恃勇而輕敵이니라
물 이 시 용 이 경 적

☞ 뜻풀이

태공이 말하기를 자기 몸이 귀하다고 하여 남을 천하게 여기지 말고 자기가 크다고 하여 남의 작은 것을 업신여기지 말고 용맹을 믿고서 적을 가볍게 여기지 말것이니라.

☞ 의 미

자신의 뛰어나고 잘났다고 해서 남의 모자람을 탓해서는 안된다. 곧 겸양의 미덕을 가지라는 뜻이다.

貴(귀할 귀) 賤(천할 천) 蔑(업신여길 멸) 恃(믿을 시) 敵(적 적)

馬援이 曰聞人之過失이어든
마 원 왈 문 인 지 과 실

如聞父母之名하여 耳可得聞이언정
여 문 부 모 지 명 이 가 득 문

口不可言也이니라
구 부 가 언 야

☞ 뜻풀이

마원이 말하기를 남의 허물을 듣거든 부모의 이름을 들은 것과

갈이 하여 귀로 들을지언정 입으로 말하지 말지니라.

☞ 의 미

남의 허물을 함부로 말해서는 안된다.

康節邵先生이 曰聞人之謗이라도
강 절 소 선 생 왈 문 인 지 방

未嘗怒하며 聞人之譽라도 未嘗喜하며
미 상 노 문 인 지 예 미 상 희

聞人之惡이라도 未嘗和하며
문 인 지 악 미 상 화

聞人之善則就而和之하고
문 인 지 선 칙 취 이 화 지

又從而喜之니라 其詩에 曰樂見善人하며
우 종 이 희 지 기 시 왈 락 견 선 인

樂聞善事하며 樂道善言하고 樂行善意하고
락 문 선 사 락 도 선 언 락 행 선 의

聞人之惡이어던 如負芒刺하고
문 인 지 악 여 부 망 자

聞人之善이어든 如佩蘭蕙니라
문 인 지 선 여 패 란 혜

☞ 뜻풀이

강절소 선생이 말씀하시기를 남이 비방하는 것을 들을지라도 성내지 말며, 남의 좋은 소문을 들어도 기뻐하지 말며, 남의 좋지 못한 것을 들을지라도 동조하지 말며, 남의 착한 것을 듣거든 나아가 정답게 하고 또 기뻐함으로써 따르라. 시에 말하기를 착한 사람을 보는 것을 즐거워하며, 착한 일을 듣는 것을 즐거워하며, 착한 말을 하는 것을 즐거워하며, 착한 뜻을 행하는 것을 즐거워하고, 남의 좋지 못한 것을 듣거든 가시를 온 몸에 진 것 같이 하고 남의 착한 것을 듣거든 난초를 몸에 지닌 것같이 할지니라.

☞ 의 미

악을 멀리하고 선을 가까이 하는 기품있는 사람이 되어라.

謗(헐뜯을 방) 嘗(맛볼 상) 喜(기쁠 희) 刺(가시 자) 怒(성낼 노)
譽(칭찬할 예) 就(취할 취) 佩(찰 패)

道吾善者는 是吾賊이오
도 오 선 자 시 오 적

道吾惡者는 是吾師이니라
도 오 악 자 시 오 사

☞ 뜻풀이

나를 착하다고 말하여 주는 사람은 곧 나의 적이요, 나를 나쁘다고 말하여 주는 사람은 곧 나의 스승이니라.

☞ 의 미

나의 잘못됨을 충고해 주는 사람이 진심으로 나를 위하는 사람이다.

道(말할 도) 惡(나쁠 악) 賊(도적 적)

太公이 曰勤爲無價之寶요
태 공 왈 근 위 무 가 지 보

愼是護身之符니라
신 시 호 신 지 부

☞ 뜻풀이

태공이 말하기를 부지런히 일하는 것은 더없는 가치있는 보물이 될 것이요 정성스럽게 하는 것은 이 몸을 보호하는 부적이니라.

☞ 의 미

근면함과 근신한 태도는 성공을 위한 기본이다.

勤(부지런할 근) 價(값 가) 寶(보배 보) 愼(삼갈 신) 符(부적 부)

景行錄에 曰保生者는 寡慾하고
경 행 록　왈 보 생 자　과 욕

保身者는 避名이니 無慾은
보 신 자　피 명　무 욕

易나 無名은 難이니라
이　무 명　난

☞ 뜻풀이

경행록에 말하기를 삶을 안전하게 보전하려는 사람은 욕심이 적고 몸을 안전하게 하고 몸을 보호하는 사람은 이름을 피하나니 욕심을 없애는 것은 쉬우나 이름을 없애는 것은 어려우니라.

☞ 의 미

이름이 지나치게 세상에 알려지거나 욕심이 많으면 몸이 위태롭게 된다.

保(보할 보) 寡(적을 과) 難(어려울 난)

子曰君子有三戒하니 小之時엔
자 왈 군 자 유 삼 계　소 지 시

血氣未定이라 戒之在色하고
혈 기 미 정　계 지 재 색

及其壯也하얀 血氣方剛이라
급 기 장 야　혈 기 방 강

戒之在鬪하고 及其老也하얀
계 지 재 투　급 기 로 야

血氣旣衰라 戒之在得이니라
혈 기 기 쇠　계 지 재 득

☞ 뜻풀이

공자가 말씀하시기를 군자는 세 가지 경계가 있으니 젊었을 때에는 피와 기운이 정하여 있지 아니한지라 경계할 것은 여색에 있고 건강하고 큼에 미치어서는 혈기가 바야흐로 굳센지라 경계할 것은 싸움에 있고 몸이 늙음에 이르러서는 혈기가 이미 약한지라 경계할것은 탐하여 얻으려는데 있느니라.

☞ 의 미

사람의 소년기, 중년기, 노년기에 경계할 것을 잘 지켜 다가오는 화를 미리 막으라는 뜻이다.

戒(경계할 계) 衰(쇠할 쇠) 剛(굳셀 강) 鬪(싸울 투)

孫眞人養生銘에 云怒甚偏傷氣요
손 진 인 양 생 명 운 노 심 편 상 기

思多太損神이라 神疲心易役이오
사 다 태 손 신 신 피 심 이 역

氣弱病相因이라 勿使悲歡極하고
기 약 병 상 인 물 사 비 환 극

當令飮食均하며 再三防夜醉하고
당 령 음 식 균 재 삼 방 야 취

第一戒晨嗔하라
제 일 계 신 진

☞ 뜻풀이

손진인의 〈양생명〉에 이르기를 화를 깊게 내면 기운이 상하게 될 것이요 생각이 많으면 크게 정신이 상하느니라. 정신이 피곤하면 마음을 수고롭게 하기 쉬운 것이오 기운이 약하면 병이 나는 원인이니라. 슬퍼하고 기뻐하는 것에 마음을 다하지 말고 마땅히 음식을 고르게 하며 밤에 절대로 술취하지 말고 새벽녘에 성내는 것을 제일로 경계하라.

☞ 의 미

손진인이란 사람이 몸과 마음을 건강하게 하여 오래사는 법을 말한 글이다.

怒(노할 노) 甚(심할 심) 歡(기뻐할 환) 均(고를 균) 醉(취할 취)

晨(새벽 신) 嗔(성낼 진)

景行錄에 日食淡精神爽이오
경 행 록 왈 식 담 정 신 상

心淸夢寐安이니라
심 청 몽 매 안

☞ 뜻풀이

〈경행록〉에 말하기를 음식이 깨끗하면 마음이 상쾌하고 마음이 맑으면 잠을 편히 잘 수가 있느니라.

☞ 의 미

음식과 정신을 깨끗하고 맑게해야 건강하고 오래산다는 뜻이다.

淡(담백할 담) 爽(상쾌할 상) 寐(잘 매)

定心應物하면 雖不讀書라도
정 심 응 물 수 불 독 서

可以爲有德君子니라
가 이 위 유 덕 군 자

☞ 뜻풀이

마음을 정하여 모든 일에 대하면 비록 글을 읽지 못하더라도 덕있는 군자가 되느니라.

☞ 의 미

마음이 올곧아야 사물의 정도를 가는 군자가 될 수 있다.

應(응할 응) 雖(비록 수)

近思錄에 云懲忿을 如救火하고
근 사 록 운 징 분 여 구 화

窒慾을 如防水하라
질 욕 여 방 수

☞ 뜻풀이

〈근사록〉에 이르기를 분함을 징계하기를 옛 성인같이 하고 욕심을 막기를 물을 막는 것같이 하라.

☞ 의 미

감정에 따라서 사물을 판단하면 일을 그르치게 되니 정도를 벗어난 욕심을 버리라는 뜻이다.

懲(응징할 징) 忿(분할 분) 救(구원할 구)

夷堅志에 云避色을 如避讐하고
이 견 지 운 피 색 여 피 수

避風을 如避箭하며 莫喫空心茶하고
피 풍 여 피 전 막 끽 공 심 다

少食中夜飯하라
소 식 중 야 반

☞ 뜻풀이

이견지에 말하기를 색을 피하기를 원수 피하는 것같이 하고 바람을 피하기를 날아오는 화살을 피하는 것같이 하라, 빈속에 차를 마시지 말고 밤중에 밥을 많이 먹지 마라.

☞ 의 미

지나친 색을 조심하라는 뜻이다.

堅(굳을 견) 風(바람 풍) 箭(화살 전) 喫(즐길 끽) 茶(차 다)

荀子曰無用之辯과 不急之察을
순 자 왈 무 용 지 변 불 급 지 찰

棄而勿治하라
기 이 물 치

☞ 뜻풀이

순자가 말하기를 쓸데없는 말과 급하지 아니한 일은 그만두고 다스리지 마라.

☞ 의 미

필요 없는 말은 상대방의 오해를 사고 서두르는 일은 과실을 범하게 된다는 뜻이다.

辨(말잘할 변) 察(살필 찰) 棄(버릴 기)

子曰衆이 好之라도 必察焉하며
자 왈 중 호 지 필 찰 언

衆이 惡之라도 必察焉이니라
중 악 지 필 찰 언

☞ 뜻풀이

공자가 말씀하시기를 모든 사람이 좋아하더라도 반드시 살필 것이며 모든 사람이 미워할지라도 반드시 살필 것이니라.

☞ 의 미

어떤 일이든지 자신이 냉철히 살피고 판단해야 한다.

酒中不語는 眞君子요
주 중 불 어 진 군 자

財上分明은 大丈夫니라
재 상 분 명 대 장 부

☞ 뜻풀이

취한 가운데에도 말이 없음은 참다운 군자요, 재물에 대하여 분명함은 대장부이니라.

☞ 의 미

술이 취해서도 횡설수설하지 않고 재물을 거래함에 있어서도 신용이 있는 사람은 군자이다.

財(재물 재) 明(밝을 명)

萬事從寬이면 其福自厚니라
만 사 종 관　기 복 자 후

☞ 뜻풀이

모든 일에 너그러움을 쫓으면 그 복이 스스로 두터워지느니라.

☞ 의 미

남을 너그럽게 용서하면 복을 받는다.

寬(너그러울 관) 厚(두터울 후)

太公이 曰欲量他人인대 先須自量하라
태 공　왈 욕 량 타 인　선 수 자 량

傷人之語는 還是自傷이니
상 인 지 어　환 시 자 상

含血噴人이면 先汚其口니라
함 혈 분 인　선 오 기 구

☞ 뜻풀이

태공이 말하기를 다른 사람을 먼저 알려고 할려면 먼저 스스로를 헤아려라. 남을 해치는 말은 도리어 자기를 상하게 하나니 피를 머금어 남에게 뿜으매 먼저 자기의 입이 더러워지느니라.

☞ 의 미

사람은 언제나 입장을 바꾸어서 판단하고 생각해야 한다.

傷(상할 상) 含(머금을 함) 噴(뿜을 분) 汚(더러울 오)

凡戲는 無益이오 惟勤이 有功이니라
범희 무익 유근 유공

☞ 뜻풀이

대개 희롱하는 것은 이로운 것이 없고 오직 부지런히 일하는 것만이 공이 있느니라.

☞ 의 미

시간을 헛되이 낭비하지 말고 부지런히 노력하는 것이 성공의 지름길이다.

戲(놀 희) 惟(오직 유)

太公이 曰瓜田에 不納履하고
태공 왈과전 불납리

李下에 不正冠이니라
이하 불정관

☞ 뜻풀이

태공이 말하기를 남의 외밭을 갈 때에는 신을 고쳐 신지 말것이오 남의 자두나무 아래에서는 손을 올려 갓을 고쳐 쓰지 말라.

☞ 의 미

남에게 의심받을 행동은 아예하지 말라는 뜻이다.

納(들일 납) 履(신 리) 冠(관 관)

景行錄에 曰心可逸이언정
경행록 왈심가일

形不可不勞요 道可樂이언정
형불가불로 도가락

心不可不憂니 形不勞則怠惰易弊하고
심불가불우 형불로칙태타이패

心不憂則荒淫不定故로
심 불 우 칙 황 음 불 정 고

逸生於勞而常休하고
일 생 어 로 이 상 휴

樂生於憂而無厭하나니
락 생 어 우 이 무 염

逸樂者는 憂勞를 豈可忘乎아
일 락 자 우 로 기 가 망 호

☞ 뜻풀이

경행록에 말하기를 마음은 가히 편할지언정 육신은 가히 수고롭지 아니할 수 없고 도는 가히 즐거울지언정 마음은 가히 근심하지 않을 수 없나니 육신이 수고롭지 아니하면 게을러서 허무러지기 쉽고 마음을 근심하지 아니하면 주색에 빠져서 마음을 정하지 못하는 고로 편안함은 수고하는 곳에서 생겨 늘 쉽게 되고 즐거움은 근심하는 곳에서 생겨 싫음이 없나니 편안하고 즐거운 자는 근심과 수고로움을 어찌 잊을 수 있겠느냐.

☞ 의 미

육신이 수고를 해야 편안함을 얻을 수 있고 몸가짐을 끊임없이 바르게 하려 할 때 비로소 즐거움을 얻을 수 있다.

逸(편할 일) 怠(게으를 태) 惰(게으를 타) 弊(폐단 폐)
淫(음할 음) 厭(싫을 염)

耳不聞人之非하고 目不視人之短하고
이 불 문 인 지 비 목 불 시 인 지 단

口不言人之過라야 庶幾君子니라
구 불 언 인 지 과 서 기 군 자

☞ 뜻풀이

귀로 남의 그릇됨을 듣지 말고 눈으로 남의 모자람을 보지 말고 입으로 남의 허물을 말하지 말아야 이것이 군자이니라.

☞ 의 미

남의 잘못과 허물을 보지도 말고 듣지도 말고 하지도 말아야 한다는 인간수양의 길을 이르는 말이다.

庶(뭇 서) 幾(베틀 기)

蔡伯喈曰喜怒는 在心하고
채 백 개 왈 희 노 재 심

言出於口하나니 不可不愼이니라
언 출 어 구 불 가 불 신

☞ 뜻풀이

채백개가 말하기를 기뻐하고 화를 내는 것은 마음에 있고 말은 입에서 나오나니 가히 삼가하지 아니할 수 없느니라.

☞ 의 미

말을 적게 하고 말을 하되 조심스럽게 하라는 뜻이다.

宰予晝寢이어늘 子曰朽木은 不可雕也요
재 여 주 침 자 왈 후 목 불 가 조 야

糞土之墻은 不可汚也니라
분 토 지 장 불 가 오 야

☞ 뜻풀이

재여가 낮잠을 자거늘 공자가 말씀하시기를 썩은 나무는 다듬지를 못할 것이요 썩은 흙으로 쌓은 담은 흙손질을 못할 것이니라.

☞ 의 미

사람이 일을 하는데 있어서 정신자세의 중요성을 일컫는 말이다.

宰(재상 재) 寢(잠잘 침) 朽(썩을 후) 雕(새길 조)

墻(담 장) 糞(똥 분)

紫虛元君誠諭心文에 曰福生於清儉하고
자허원군성유심문 왈복생어청검

德生於卑退하고 道生於安靜하고
덕생어비퇴 도생어안정

命生於和暢하고 憂生於多慾하고
명생어화창 우생어다욕

禍生於多貪하고 過生於輕慢하고
화생어다탐 과생어경만

罪生於不仁이니 戒眼莫看他非하고
죄생어불인 계안막간타비

戒口莫談他短하고 戒心莫自貪嗔하고
계구막담타단 계심막자탐진

戒身莫隨惡伴하고 無益之言을
계신막수악반 무익지언

莫妄說하고 不干己事를 莫妄爲하고
막망설 불간기사 막망위

尊君王孝父母하며 敬尊長奉有德하고
존군왕효부모 경존장봉유덕

別賢愚恕無識하고 物順來而勿拒하며
별현우서무식 물순래이불거

物旣去而勿追하고 身未遇而勿望하며
물기거이물추 신미우이물망

事已過而勿思하라 聰明도 多暗昧요
사이과이물사 총명 다암매

算計도 失便宜니라 損人終自失이오
산 계 실편의 손인종자실

依勢禍相隨라 戒之在心하고
의세화상수 계지재심

守之在氣라 爲不節而亡家하고
수지재기 위불절이망가

因不廉而失位니라 勸君自警於平生하나니
인불염이실위 권군자경어평생

可歎可驚而可畏니라 上臨之以天鑑하고
가탄가경이가외 상임지이천감

下察之以地祇라 明有王法相繼하고
하찰지이지기 명유왕법상계

暗有鬼神相隨라 惟正可守요
암유귀신상수 유정가수

心不可欺니 戒之戒之하라
심불가기 계지계지

☞ 뜻풀이

자허원군의 성유심문에 말하기를 복은 깨끗하고 검소한 곳에서 생기고, 덕은 천하고 사양하는 곳에서 생기고, 도는 편안하고 고요한 곳에서 생기고, 생명은 순하고 사모치는 곳에서 생기고, 근심은 욕심이 많은 곳에서 생기고, 재앙은 탐을 많이 내는 곳에서 생기고, 잘못은 게으름과 경솔히 하는 곳에서 생기고, 죄악은 착하지 아니한 곳에서 생기는 것이니 눈을 가다듬어 남의 그릇됨을 보지 말고, 입을 가다듬어 남의 잘못을 말하지 말고, 마음을 가다듬어 스스로 탐내어 꾸짖지 말고, 몸을 가다듬어 나쁜 친구를 따르지 말고, 이롭지 아니한 말을 거짓으로 믿을 수 있게 말하지 말고, 자기에게 관계가 없는 일을 함부로 하지 말고, 임금을 높이어 공경하며 아버지 어머니를 섬기며 웃어른을 삼가 예를 표하며, 덕이 있는 이를 받들고 지혜스러운 것과 어리석은 것을 가려서 알며, 알지 못하는 것을 꾸짖지 말고, 모든 일이 순리로 오거든 막지 말며, 모든 일이 이미 갔거든 쫓지 말고, 몸이 대접을 받지 못하거던 바라지 말며 일이 이미 지나갔거던 생각지 말라. 총명한 사람도 어둡고 희미함이 많고 셈을 기록함도 형편이 좋은 것을 잃느니라. 남을 손상케 하면 스스로의 허물이요 권세의 함에 의뢰하면 재앙이 따른다. 주의함은 마음에 있고 지키는 것은 기운에 있느니라. 아껴 쓰지 아니하면 집이 망하고 검소하지 못한 것으로 인하여 자리를 잃느니라. 살아있을 동안 스스로 경계하기를 권하나니 가히 한숨을 쉬며 한탄하고 가히 놀래며 가히 두려워 할지니라. 위에는 하늘의 거울이 있고 아래에는 땅의 귀신으로써 살피느니라. 밝음에 왕의 법이 서로 이음에 있고 어두움에서 귀신이 서로 따름에 있느니라. 오직 바른 것은 지킬 것이요 마음은 가히 속이지 못할 것이니 주의하고 주의하라.

☞ 의 미

항상 정도를 지키고 양심을 속이는 일이 없도록 힘써야 한다는 사람의 행동을 경계한 글이다.

儉(검소할 검) 暢(화창할 창) 慢(업신여길 만) 識(알식 식)

宜(마땅할 의) 祇(땅귀신 기) 畏(두터울 외)

安分篇
안 분 편

景行錄에 云知足可樂이오 務貪則憂니라
경 행 록 운 지 족 가 락 무 탐 칙 우

☞ 뜻풀이

경행록에 이르기를 넉넉함을 알면 가히 즐거울 것이요 욕심이 많으면 곧 근심이 있느니라.

☞ 의 미

자신을 알고 만족하면 즐겁지만 분수를 모르고 욕심을 부리면 근심이 떠날날이 없다는 뜻이다.

足(족할 족) 務(힘쓸 무) 貪(탐할 탐)

知足者는 貧賤亦樂이오
지 족 자 빈 천 역 락

不知足者는 富貴亦憂니라
부 지 족 자 부 귀 역 우

☞ 뜻풀이

만족함을 아는 자는 가난하고 천하여도 역시 즐거울 것이요, 만족함을 모르는 자는 부귀하여도 역시 근심하느니라.

☞ 의 미

가난함과 천함 부와 귀는 자신의 마음 속에 있다.

濫想은 徒傷神이오 妄動은 反致禍니라
남 상 도 상 신 망 동 반 치 화

☞ 뜻풀이

쓸데없는 생각은 다만 정신을 상하게 할 것이요 허망한 행동은 도리어 화를 이루느니라.

☞ 의 미

쓸데없는 생각과 허망된 행동을 경계하라는 뜻이다.

濫(넘칠 남) 徒(한갖 도) 妄(허망할 망)

知足常足이면 終身不辱하고
지 족 상 족 종 신 불 욕

知止常止면 終身無恥니라
지 지 상 지 종 신 무 치

☞ 뜻풀이

넉넉함을 알아 늘 넉넉하면 몸을 마치도록 욕되지 아니하고 그침을 알아 늘 그치면 몸을 마치도록 부끄러움이 없느니라.

☞ 의 미

분수를 지키는 사람은 죽을 때까지 수치스러운 일이없다.

辱(욕 욕) 恥(수치스러울 치)

書에 曰滿招損하고 謙受益이니라
서 왈 만 초 손 겸 수 익

☞ 뜻풀이

서경에 말하기를 교만하면 손해를 당하고 겸손하면 이로움을 받느니라.

☞ 의 미

권세나 명예가 극도에 이르는 것을 피하고 겸손하게 살라는 뜻이다.

招(부를 초) 謙(겸손 겸)

安分吟에 曰安分身無辱이오
안 분 음 왈 안 분 신 무 욕

知機心自閑이니 雖居人世上이나
지 기 심 자 한 수 거 인 세 상

却是出人間이니라
각 시 출 인 간

☞ 뜻풀이

안분음에 말하기를 편안한 마음으로 분수를 지키면 몸에 욕됨이 없을 것이요 세상의 돌아가는 형편을 잘 알면 마음이 스스로 한가하나니 이것이 비록 인간 세상에서 살더라도 도리어 이 인간 세상에서 벗어나는 것이니라.

☞ 의 미

자신의 분수를 알고 살면 세상을 잘 살아가는 것이다.

吟(읊을 음) 閑(한가할 한)

子曰不在其位하고 不謀其政이니라
자 왈 부 재 기 위 불 모 기 정

☞ 뜻풀이

공자가 말씀하시기를 그 직위에 있지 않으면 그 정사(政事)를 꾀하지 않는다.

存 心 篇
존 심 편

景行錄에 云하되 坐密室을 如通衢하고
경 행 록 운 좌 밀 실 여 통 구

馭寸心을 如六馬하면 可免過니라
어 촌 심 여 육 마 가 면 과

☞ 뜻풀이

경행록에 이르기를 비밀한 방에 앉았어도 마치 네거리에 앉아 있는 것처럼 하고, 작은 마음을 제어하기를 마치 여섯 필의 말을 다루듯 하면 허물을 면할 수 있느니라.

☞ 의 미

눈에 보이지 않는 곳에서 행동을 할지라도 보이는 것처럼 올바르게 하라.

衢(네거리 구) 馭(제어할 어) 免(면할 면)

擊壤詩에 云하되 富貴를 如將智力求인대
격 양 시 운 부 귀 여 장 지 력 구

仲尼도 年少合封侯라 世人은
중 니 연 소 합 봉 후 세 인

不解靑天意하고 空使身心半夜愁니라
불 해 청 천 의 공 사 신 심 반 야 수

☞ 뜻풀이

격양시에 이르기를 부귀(富貴)를 만일 지혜의 힘으로 구할 수 있다면 공자는 젊은 시절에 여러 제후국을 합하여 봉해졌을 것이다. 세상 사람들은 푸른 하늘의 뜻은 알지 못하고, 공연히 몸과 마음으로 하여금 한밤중에 근심하게 하느니라.

☞ 의 미

부귀는 힘이나 지혜로 구할 수 없는 하늘의 뜻이라는 의미.

將(곧 장) 空(헛될 공) 愁(근심 수) 侯(제후 후)

范忠宣公이 戒子弟曰 人雖至愚나
범충선공 계자제왈 인수지우

責人則明하고 雖有聰明이나 恕己則昏이니
책인즉명 수유총명 서기즉혼

爾曹는 但當以責人之心으로
이조 단당이책인지심

責己하고 恕己之心으로 恕人이면
책기 서기지심 서인

則不患不到聖賢地位也이니라
즉불환부도성현지위야

☞ 뜻풀이

범충선공이 자제를 경계하여 말하기를 사람이 자신은 비록 지극히 어리석을지라도 남을 책(責)하는 데는 밝고, 비록 총명이 있다 해도 자기를 용서하는 데는 어둡다. 너희들은 마땅히 남을 책하는 마음으로써 자기를 책하고, 자기를 용서하는 마음으로써 남을 용서한다면 성현(聖賢)의 경지(境地)에 이르지 못할 것을 근심할 것이 없느니라.

☞ 의 미

남을 욕하듯이 자신을 돌아보고 자신을 용서하듯이 남을 용서하는 마음 자세로 살라는 뜻이다.

昏(어두울 혼) 但(다만 단) 患(근심 환) 到(이를 도) 爾(너이 이)

子曰聰明思睿라도 守之以愚하고
자 왈 총 명 사 예 수 지 이 우

功被天下라도 守之以讓하고
공 피 천 하 수 지 이 양

勇力振世라도 守之以怯하고
용 력 진 세 수 지 이 겁

富有四海라도 守之以謙이니라
부 유 사 해 수 지 이 겸

☞ 뜻풀이

공자가 말씀하시기를 총명하고 생각이 뛰어나도 어리석음으로써 이를 지켜야 하고, 공(功)이 천하를 덮을 만하더라도 겸양하는 마음으로써 이를 지켜야 하고, 용맹이 세상에 떨칠지라도 겁내는 마음으로써 이를 지켜야 하며, 부유함이 사해(四海)를 차지했다 하더라도 겸손으로써 이를 지켜야 하느니라.

☞ 의 미

남보다 뛰어나다고 해서 그것을 지키기에 힘쓰지 않으면 안된다는 뜻이다.

睿(슬기로울 예) 振(펼칠 진) 謙(겸손할 겸)

素書에 云하되 薄施厚望者는
소 서 운 박 시 후 망 자

不報하고 貴而忘賤者는 不久니라
불 보 귀 이 망 천 자 불 구

☞ 뜻풀이

소서에 이르기를 박하게 베풀고 후한 것을 바라는 자에게는 보답이 없고, 몸이 귀하게 되고 나서 천했던 때를 잊는 자는 오래 계속하지 못하느니라.

☞ 의 미

어려운 이웃에게 베푸는 것이 야박한 사람이 많은 보답을 바라나 절대로 후한 보답은 없고, 성공하여 어려웠던 때를 잊으면 그 성공이 오래가지 못한다.

薄(얇을 박) 久(오랠 구)

施恩勿求報하고 與人勿追悔하라
시 은 물 구 보 　 여 인 물 추 회

☞ 뜻풀이

은혜를 베풀었거든 그 보답을 구하지 말고, 남에게 주었거든 뒤에 후회하지 말라.

☞ 의 미

남에게 은혜를 베푸는 것은 보상을 바라지 말고 하라는 뜻이다.

追(따를 추) 悔(뉘우칠 회)

孫思邈이 曰 膽慾大而心欲小하고
손 사 막 　 왈 　 담 욕 대 이 심 욕 소

知欲圓而行欲方이니라
지 욕 원 이 행 욕 방

☞ 뜻풀이

손사막이 말하기를 담력(膽力)은 크게 가지도록 하되 마음가짐은 섬세해야 하고, 지혜는 원만하도록 하되 행동은 방정하도록 해야 하느니라.

☞ 의 미

마음은 조심스럽고 지혜는 원숙하며 행동은 방정해야 한다는 뜻이다.

膽(쓸개 담) 圓(둥글 원) 方(방위 방) 邈(멀막 막)

念念要如臨戰日하고 心心常似過橋時니라
염 념 요 여 임 전 일 　 심 심 상 사 과 교 시

☞ 뜻풀이

생각하는 것은 항상 싸움터에 임하는 날과 같이 하고, 마음은 언제나 다리를 건너는 때와 같이 조심해야 하느니라.

☞ 의 미

생각은 신중히하고 마음 가짐은 극히 조심해야 한다.

要(요할 요) 橋(다리 교)

懼法朝朝樂이오 欺公日日憂니라
구 법 조 조 락　　기 공 일 일 우

☞ 뜻풀이

법을 두려워하면 아침마다 즐거울 것이요, 나라 일을 속이면 날마다 근심이 되느니라.

懼(두려워할 구) 憂(근심 우)

朱文公이 曰 守口如甁하고 防意如城하라
주 문 공　왈　수 구 여 병　　방 의 여 성

☞ 뜻풀이

주문공이 말하기를 입 지키는 것은 병과 같이 하고, (나쁜) 뜻 막기를 성과 같이 하라.

☞ 의 미

사람은 말을 삼가해서 하고 마음에 나쁜 생각이 싹트면 미리 막아야 한다는 뜻이다.

甁(병 병) 意(뜻 의)

心不負人이면 面無慙色이니라
심 불 부 인　　면 무 참 색

☞ 뜻풀이

마음으로 남을 저버리지 않았으면 얼굴에 부끄러운 빛이 없느니라.

☞ 의 미

마음 속에 부끄러움이 없다면 얼굴에 나타날 것이 없다.

負(질 부) 慙(부끄러울 참)

人無百歲人이나 枉作千年計니라
인 무 백 세 인　　왕 작 천 년 계

☞ 뜻풀이

사람은 백 살 사는 사람이 없건만 부질없이 천년의 계획을 세우느니라.

☞ 의 미

자기의 분수를 모르고 망령된 행동을 하지말라.

歲(해 세) 枉(굽을 왕) 計(셀 계)

寇萊公六悔銘에 云하되
구 래 공 육 회 명　운

官行私曲失時悔요 富不儉用貧時悔요
관 행 사 곡 실 시 회　부 불 검 용 빈 시 회

藝不少學過時悔요 見事不學用時悔요
예 불 소 학 과 시 회　견 사 불 학 용 시 회

醉後狂言醒時悔요 安不將息病時悔니라
취 후 광 언 성 시 회　안 부 장 식 병 시 회

☞ 뜻풀이

구래공의 육회명에 이르기를, 벼슬아치가 부정을 저지르면 벼슬을 잃을 때 뉘우치게 되고, 돈이 많을 때에 아끼어 쓰지 않으면 가난해졌을 때 뉘우치게 되고, 재주를 어렸을 때 배우지 않으면 시기가 지났을 때 뉘우치게 되고, 일을 보고 배우지 않으면 써야 할 때 후회하게 되고, 취한 뒤에 함부로 말하면 술이 깨었을 때 후회하게 되고, 몸이 편안할 때 휴식을 취하지 않으면 병이 들었을 때 뉘우칠 것이니라.

☞ 의 미

관직에 있는 사람이 조심해야될 여섯 가지를 일컫는 말.

藝(재주 예) 過(지날 과) 醒(깰 성) 息(쉴 식)

益智書에 云하되 寧無事而家貧이언정
익 지 서 운 영 무 사 이 가 빈

莫有事而家富요 寧無事而住茅屋이언정
막 유 사 이 가 부 영 무 사 이 주 모 옥

不有事而住金屋이오 寧無病而食麤
불 유 사 이 주 금 옥 영 무 병 이 식 추

飯이언정 不有病而服良藥이니라
반 불 유 병 이 복 양 약

☞ 뜻풀이

익지서에 이르기를 차라리 아무 사고 없이 집이 가난할지언정 탈이 있으면서 집이 부자가 되지 말 것이요, 차라리 아무 탈 없이 초라한 집에서 살지언정 사고 있으면서 좋은 집에서 살지 말 것이요, 차라리 병이 없이 거친 밥을 먹을지언정 병이 있어 좋은 약을 먹지 말 것이니라.

☞ 의 미

사람이 살아가는데 중요한 것은 아무탈 없는 것과 몸의 건강함이다.

寧(차라리 녕) 住(머무를 주) 服(먹을 복)

心安茅屋穩이오 性定菜羹香이니라
심 안 모 옥 온 성 정 채 갱 향

☞ 뜻풀이

마음이 편안하면 초라한 집도 편안하고, 성품이 안정되면 나물국도 향기로우니라.

☞ 의 미

생활의 만족은 마음에 있다.

穩(편안할 온) 性(성품 성) 茅(띠 모) 羹(국 갱) 菜(나물 채) 香(향기 향)

景行錄에 云하되 責人者는
경 행 록 운 책 인 자

不全交요 自恕者는 不改過니라
부 전 교 자 서 자 불 개 과

☞ 뜻풀이

경행록에 이르기를 남을 꾸짖는 자는 사귐을 온전히 할 수 없고, 자기를 용서하는 자는 허물을 고치지 못하느니라.

☞ 의 미

남의 잘못을 꾸짖기에 앞서 자신의 허물을 돌아보라.

夙興夜寐하여 所思忠孝者는
숙 흥 야 매 소 사 충 효 자

人不知나 天必知之요 飽食煖衣하여
인 부 지 천 필 지 지 포 식 난 의

怡然自衛者는 身雖安이나
이 연 자 위 자 신 수 안

其如子孫에 何오
기 여 자 손 하

☞ 뜻풀이

아침 일찍 일어나서부터 밤이 깊어 잠들 때까지 생각하는 바가 충성과 효도인 자는 사람들은 알지 못하나 하늘이 반드시 이를 알아줄 것이요, 배부르게 먹고 따뜻하게 입고서 즐거이 제 몸만 보호하는 자는 몸은 비록 편안하나 그 자손에게는 어찌 할 것인가?

☞ 의 미

효와 충을 잘하면 그 복은 자손에까지 이른다.

飽(배부를 포) 怡(기뻐할 이) 衛(막을 위) 煖(따뜻할 난)

以愛妻子之心으로 事親則曲盡其孝요
이 애 처 자 지 심 사 친 즉 곡 진 기 효

以保富貴之心으로 奉君則無往不忠이오
이 보 부 귀 지 심 봉 군 즉 무 왕 불 충

以責人之心으로 責己則寡過요
이 책 인 지 심 책 기 즉 과 과

以恕己之心으로 恕人則全交니라
이 서 기 지 심 서 인 즉 전 교

☞ 뜻풀이

처자를 사랑하는 마음으로써 어버이를 섬긴다면 그 효도를 극진히 할 수 있을 것이요, 부귀를 보전하려는 마음으로써 임금을 받든다면 충성이 아닌 것이 없을 것이요, 남을 책망하는 마음으로써 자기를 책망한다면 허물이 적을 것이요, 자기를 용서하는 마음으로써 남을 용서한다면 사귐을 온전히 할 수 있을 것이니라.

☞ 의 미

충과 효 그리고 우정에 대하여 지킬 것을 알려주는 글이다.

保(도울 보) 妻(처 처) 盡(다할 진) 奉(받들 봉) 寡(적을 과) 往(갈 왕)

爾謀不臧이면 悔之何及이며
이 모 부 장 회 지 하 급

爾見不長이면 敎之何益이리오
이 견 부 장 교 지 하 익

利心專則背道요 私意確則滅公이니라
이 심 전 즉 배 도 사 의 확 즉 멸 공

☞ 뜻풀이

너의 꾀가 좋지 못하면 이를 후회한들 어찌 미치며, 너의 소견이 훌륭하지 못하면 이를 가르쳐 준들 무슨 이익이 있겠는가? 자기 이익을 생각하는 마음만 있다면 도(道)에 어그러지고, 사사로운 뜻이 굳으면 공적인 일을 망치게 되느니라.

☞ 의 미

사람은 일을 함에 있어서 도덕적인면과 공적인 것을 먼저 생각해야 한다.

爾(너 이) 臧(착할 장) 謀(꾀 모) 專(오로지할 전) 確(확실할 확)

生事事生이오 省事事省이니라
생 사 사 생 생 사 사 생

☞ 뜻풀이

일을 만들면 일이 생기고, 일을 덜면 일이 없어지느니라.

☞ 의 미

일을 함에 있어서 욕심을 내지 말고 능력껏 하라.

省(덜 생)

戒 性 篇
계 성 편

景行錄에 云하되 人性이 如水하야
경 행 록 운 인 성 여 수

水一傾則不可復이오
수 일 경 즉 불 가 복

性一縱則不可反이니 制水者는
성 일 종 즉 불 가 반 제 수 자

必以堤防하고 制性者는 必以禮法이니라
필 이 제 방 제 성 자 필 이 예 법

☞ 뜻풀이

경행록에 이르기를 사람의 성품은 물과 같아서 물이 한번 기울어지면 회복할 수 없고, 성품이 한번 놓여지면 바로 잡을 수 없을 것이니, 물을 잡으려는 자는 반드시 제방으로써 하고, 성품을 올바르게 하려는 자는 반드시 예법으로써 해야 되느니라.

☞ 의 미

사람은 성(性)을 지키기에 최선을 다해야 한다.

傾(기울어질 경) 復(회복할 복) 縱(놓을 종) 堤(제방 제) 防(막을 방)

忍一時之忿이면 免百日之憂니라
인 일 시 지 분 면 백 일 지 우

☞ 뜻풀이

한때의 분한 것을 참으면 백날의 근심을 피할 수 있느니라.

忍(참을 인) 忿(성낼 분) 免(면할 면) 憂(근심 우)

得忍且忍하고 得戒且戒하라
득 인 차 인 득 계 차 계

不忍不戒면 小事成大니라
불 인 불 계 소 사 성 대

☞ 뜻풀이

참고 또 참고, 경계할 수 있으면 또 경계하라. 참지 못하고 경계하지 않으면 작은 일이 크게 되느니라.

☞ 의 미

일을 하는 데는 모든 것을 참고 경계해야 무리가 없다.

得(얻을 득) 且(또 차)

愚濁生嗔怒는 皆因理不通이라
우 탁 생 진 노 개 인 이 불 통

休添心上火하고 只作耳邊風하라
휴 첨 심 상 화 지 작 이 변 풍

長短은 家家有요 炎凉은 處處同이라
장 단 가 가 유 염 량 처 처 동

是非無相實하여 究竟摠成空이니라
시 비 무 상 실 구 경 총 성 공

☞ 뜻풀이

어리석고 똑똑하지 못한 자가 성을 내는 것은 다 이치에 통달하지 못했기 때문이다. 마음 위에 불길을 더하지 말고, 다만 귓전을 스치는 바람결로 여겨라. 장점과 단점은 집집마다 있고 따뜻함과 싸늘함은 곳곳이 같으니라. 옳고 그름이란 본래 실상(實相)이 없어서 마침내 모두가 다 헛된 것이 되느니라.

☞ 의 미

사람은 누구나 장점과 단점이 있으니 그것으로 시비하지 말라.

因(인할 인) 休(쉴 휴) 濁(흐릴 탁) 嗔(노할 진) 添(더할 첨) 焰(불꽃 염)
邊(갓 변) 究(궁구할 구) 竟(마침 경) 摠(다 총)

子張이 欲行에 辭於夫子할새
자 장 욕 행 사 어 부 자

願賜一言이면 爲修身之美하노이다
원 사 일 언 위 수 신 지 미

子曰 百行之本이 忍之爲上이니라
자 왈 백 행 지 본 인 지 위 상

子張이 曰 何爲忍之니잇고
자 장 왈 하 위 인 지

子曰 天子忍之면 國無害하고
자 왈 천 자 인 지 국 무 해

諸侯忍之면 成其大하고
제 후 인 지 성 기 대

官吏忍之면 進其位하고
관 리 인 지 진 기 위

兄弟忍之면 家富貴하고
형 제 인 지 가 부 귀

夫妻忍之면 終其世하고
부 처 인 지 종 기 세

朋友忍之면 名不廢하고
붕 우 인 지 명 불 폐

自身이 忍之면 無禍害니라
자 신 인 지 무 화 해

☞ 뜻풀이

자장이 길을 떠나고자 함에 공자께 인사를 드리면서 원컨대 한 말씀을 내려주시면 몸을 닦는 아름다움으로 삼겠습니다. 공자가 말씀하시기를, 모든 행실의 근본은 참는 것이 으뜸이니라. 자장이 말하기를, 무엇 때문에 참아야 합니까? 공자가 말씀하시기를, 천자가 참으면 나라에 해가 없고, 제후가 참으면 큰 나라를 이룩하고, 벼슬아치가 참으면 그 지위가 올라가고, 형제가 참으면 집안이 부귀해지고, 부부가 참으면 일생을 해로할 수 있고, 친구끼리 참으면 이름이 깎이지 않고, 자신이 참으면 재앙이 없느니라.

☞ 의 미

사람이 화를 참으면 모든 일이 잘 된다는 것을 말하는 글이다.

賜(줄 사) 廢(폐할 폐)

子張이 曰 不忍則如何니잇고
자 장 왈 불 인 즉 여 하

子曰 天子不忍이면 國空虛하고
자 왈 천 자 불 인 국 공 허

諸侯不忍이면 喪其軀하고
제 후 불 인 상 기 구

官吏不忍이면 刑法誅하고
관 리 불 인 형 법 주

兄弟不忍이면 各分居하고
형 제 불 인 각 분 거

夫妻不忍이면 令子孤하고
부 처 불 인 영 자 고

朋友不忍이면 情意疎하고
붕 우 불 인 정 의 소

自身이 不忍이면 患不除니라
자 신 불 인 환 부 제

子張이 曰 善哉善哉라 難忍難忍이여
자 장 왈 선 재 선 재 난 인 난 인

非人이면 不忍이오 不忍이면 非人이로다
비 인 불 인 불 인 비 인

☞ 뜻풀이

자장이 말하기를, 참지 않으면 어떻게 됩니까?. 공자가 말씀하시기를, 천자가 참지 않으면 나라가 속이 텅 비게되고, 제후가 참지 않으면 그몸을 잃게 되고, 벼슬아치가 참지 않으면 형법(刑法)에 의하여 죽고, 형제가 참지 않으면 각기 헤어져서 살고, 부부가 참지 않으면 자식을 외롭게 하고, 친구끼리 참지 않으면 정과 뜻이 서로 멀어 질 것이고, 자신이 참지 않으면 근심이 없어지지 않느니라. 자장이 말하기를, 참으로 좋고도 좋으신 말씀입니다. 참는다는 것은 참으로 어려운 것, 사람이 아니면 참지 못할 것이요, 참지 못하면 사람이 아닐 것입니다.

☞ 의 미

참지 못해서 오는 여러 가지의 해를 강조한 글이다.

喪(초상 상) 軀(몸 구) 虛(빌 허) 疎(드물 소) 難(어려울 난)

景行錄에 云하되 屈己者는 能處重하고
경 행 록 운 굴 기 자 능 처 중

好勝者는 必遇敵이니라
호 승 자 필 우 적

☞ 뜻풀이

경행록에 이르기를, 자기를 굽히는 자는 중요한 지위에 처할 수 있으며, 이기기를 좋아하는 자는 반드시 적(敵)을 만나느니라.

☞ 의 미

자신을 내세우기에 앞서 몸가짐을 바르게 하라.

能(능할 능) 愚(어리석을 우) 處(곳 처)

惡人이 罵善人커든 善人은 摠不對하라
악 인 매 선 인 선 인 총 부 대

不對는 心淸閑이오 罵者는 口熱沸니라
부 대 심 청 한 매 자 구 열 비

正如人唾天하여 還從己身墜니라
정 여 인 타 천 환 종 기 신 추

☞ 뜻풀이

악한 사람이 착한 사람을 꾸짖거든 착한 사람은 전연 대꾸하지 말아라. 대꾸하지 아니하니 마음이 맑고 한가한데, 꾸짖는 자는 입이 뜨겁게 끓어오르느니라. 마치 사람이 하늘에다 대고 침을 뱉는 것 같아서 도로 자기 몸을 따라 떨어지느니라.

☞ 의 미

악한 사람과는 상대하지 말라는 뜻이다.

罵(욕할 매) 沸(끓을 비) 唾(침뱉을 타) 墜(떨어질 추)

我若被人罵라도 佯聾不分說하라
아 약 피 인 매 양 롱 불 분 설

譬如火燒空하여 不救自然滅이라
비 여 화 소 공 불 구 자 연 멸

我心은 等虛空이어늘 摠爾飜脣舌이니라
아 심 등 허 공 총 이 번 순 설

☞ 뜻풀이

내가 만약 남에게서 욕설을 듣더라도 거짓 귀먹은 체하고 시비를 가려

서 말하지 말라. 비유하건대 불이 허공에서 타다가, 끄지 않아도 저절로 지는 것과 같다. 내 마음은 허공과 같거늘, 도시 너는 입술과 혀만을 놀릴 뿐이니라.

☞ 의 미

상대방이 아무리 나를 비방해도 대응치 않으면 제풀에 지친다.

若(만일 약) 佯(거짓 양) 譬(비유할 비) 燒(태울 소)

凡事에 留人情이면 後來에 好相見이니라
범 사 유 인 정 후 래 호 상 견

☞ 뜻풀이

모든 일에 따뜻한 인정을 남겨 두면 뒷날 만났을 때는 좋은 낯으로 서로 보게 되느니라

☞ 의 미

상대방을 좋게 대하면 상대방도 나를 좋게 대하게 된다.

留(머무를 류) 見(볼 견)

勤學篇
근 학 편

子曰 博學而篤志하고
자왈 박학이독지

切問而近思면 仁在其中矣니라
절문이근사 인재기중의

☞ 뜻풀이

공자가 말씀하시기를, 널리 배워서 뜻을 두텁게 하고 묻기를 간절히 하여 생각을 가까이 하면 어짐이 그 속에 있느니라.

☞ 의 미

지식을 많이 가지면 도리에 밝아지고 신념이 굳으면 행동이 바르게 된다.

博(넓을 박) 篤(돈독할 독) 矣(어조사 의)

莊子曰 人之不學은 如登天而無術하고
장자왈 인지불학 여등천이무술

學而智遠이면 如披祥雲而覩青天하고
학이지원 여피상운이도청천

登高山而望四海니라
등고산이망사해

☞ 뜻풀이

장자가 말하기를 사람이 배우지 않음은 재주없이 하늘에 오르려는 것과 같고, 배워서 지혜가 깊으면 상서(祥瑞)로운 구름을 헤치고 푸른 하늘을 보며 높은 산에 올라 사해(四海)를 바라보는 것과 같으니라.

☞ 의 미

사람은 배우는데 힘써야 한다.

披(걷을 피) 覩(볼 도) 望(바라볼 망) 登(오를 등)

禮記에 曰 玉不琢이면 不成器하고
예 기 왈 옥 불 탁 불 성 기

人不學이면 不知義니라
인 불 학 부 지 의

☞ 뜻풀이

예기에 이르기를 옥(玉)은 다듬지 않으면 그릇이 되지 못하고, 사람은 배우지 않으면 의(義)를 알지 못하느니라.

☞ 의 미

구슬도 꿰어야 보배이듯 사람도 배워야 사람다워진다.

琢(쫄 탁) 器(그릇 기)

太公이 曰 人生不學이면 如冥冥夜行이니라
태 공 왈 인 생 불 학 여 명 명 야 행

☞ 뜻풀이

태공이 말하기를, 사람이 배우지 않으면 어둡고 어두운 밤길을 가는 것과 같으니라.

☞ 의 미

사람은 배우지 않으면 사물의 이치를 모른다.

韓文公이 曰 人不通古今이면
한 문 공 왈 인 불 통 고 금

馬牛而襟裾니라
마 우 이 금 거

☞ 뜻풀이

한문공이 말하기를, 사람이 고금 성현들의 가르침을 알지 못하면 마소에 옷을 입힌 것과 같으니라.

☞ 의 미

모름지기 학문에 힘쓸 것을 강조한 글이다.

通(통할 통) 襟(옷깃 검)

朱文公이 曰 家若貧이라도
주 문 공 왈 가 약 빈

不可因貧而廢學이오
불 가 인 빈 이 폐 학

家若富라도 不可恃富而怠學이니
가 약 부 불 가 시 부 이 태 학

貧若勤學이면 可以立身이요
빈 약 근 학 가 이 입 신

富若勤學이면 名乃光榮이니라
부 약 근 학 명 내 광 영

惟見學者顯達이오 不見學者無成이니라
유 견 학 자 현 달 불 견 학 자 무 성

學者는 乃身之寶요 學者는 乃世之珍이니라
학 자 내 신 지 보 학 자 내 세 지 진

是故로 學則乃爲君子요
시 고 학 즉 내 위 군 자

不學則爲小人이니 後之學者는 宜各勉之니라
불 학 즉 위 소 인 후 지 학 자 의 각 면 지

☞ 뜻풀이

주문공이 말하기를, 집이 만약 가난하더라도 가난한 것으로 인해서 배우는 것을 버려서는 안 되고, 집이 만약 부유하더라도 부유한 것을 믿고 학문을 게을리 해선 안 되는 것이니, 가난한 자가 만약 부지런히 배운다면 몸을 세울 수 있을 것이요, 부유한 자가 만약 부지런히 배운다면 이름이 빛나고 영화로울 것이니라. 오직 배운 자가 입신출세하는 것을 보았으며, 배운 사람으로서 성취하지 못하는 것은 보지 못했다. 배움이란 곧 몸의 보배요, 배운 사람이란 곧 세상의 보배다. 그러므로 배우면 군자가 되고 배우지 않으면 소인이 될 것이니, 후의 배우는 자는 마땅히 각각 힘써야 하느니라.

☞ 의 미

사람은 배워야만이 입신양면 할 것이니 오직 배움에 힘쓰라는 의미이다.

廢(폐할 폐) 恃(믿을 시) 怠(게으를 태) 顯(나타날 현) 乃(이에 내)

徽宗皇帝曰 學者는 如禾如稻하고
휘종황제왈 학자 여화여도

不學者는 如蒿如草로다 如禾如稻兮여
불학자 여호여초 여화여도혜

國之精糧이오 世之大寶로다 如蒿如草兮여
국지정량 세지대보 여호여초혜

耕者憎嫌하고 鋤者煩惱니라
경자증혐 서자번뇌

他日面墻에 悔之已老로다
타일면장 회지이로

☞ 뜻풀이

휘종 황제가 말하기를 배운 사람은 낟알 같고 벼 같고 배우지 않은 사람은 쑥 같고 풀 같도다. 낟알과 같고 벼와 같음이여, 나라의 좋은 양식이요

세상의 큰 보배로다. 쑥 같고 풀 같음이여, 밭을 가는 자가 미워하고 싫어하며 김을 매는 자가 괴로워한다. 뒷날 서로 만날 때 답답함에 뉘우쳐도 이미 늙었으리라.

☞ 의 미

사람에게 배움의 때를 놓치지 말고 배울 것을 강조한 글이다.

禾(벼 화) 稻(벼 도) 蒿(쑥 호) 煩(번민할 번) 惱(괴로워할 뇌) 鋤(김맬 서) 嫌(싫어할 혐)

論語에 曰 學如不及이오 惟恐失之니라
논 어 왈 학 여 불 급 유 공 실 지

☞ 뜻풀이

논어에 이르기를, 배우기를 미치지 못한 것같이 하고, 배운 것을 잃으까 두려워할지니라.

☞ 의 미

사람이 배울 때는 아직 수준 아래로 생각을 하고 배운 후에는 잃지 않도록 노력해야 한다.

恐(두려워할 공) 失(잃을 실)

訓 子 篇
훈 자 편

景行錄에 云 賓客不來면
경 행 록 운 빈 객 불 래

門户俗하고 詩書無敎면 子孫愚니라
문 호 속 시 서 무 교 자 손 우

☞ 뜻풀이

경행록에 이르기를 손님이 오지 않으면 집안이 낮고 속되어지고, 시서를 가르치지 않으면 자손이 어리석어지느니라.

☞ 의 미

집에는 학문과 교양이 높은 사람들이 손님으로 와야하는데 그러기 위해서는 자식에게 글을 많이 가르쳐야 한다.

俗(풍속 속) 愚(어리석을 우) 賓(가난할 빈) 敎(가르칠 교)

莊子曰 事雖小나 不作이면 不成이오
장 자 왈 사 수 소 부 작 불 성

子雖賢이나 不敎면 不明이니라
자 수 현 불 교 불 명

☞ 뜻풀이

장자가 말하기를 일이 비록 작더라도 하지 않으면 이루지 못하고, 자식이 비록 어질지라도 가르치지 않으면 현명해지지 못하느니라.

☞ 의 미

자질이 아무리 뛰어나더라도 배우지 않으면 소용이 없다.

雖(비록 수) 賢(어질 현)

漢書에 云 黃金滿籝이 不如敎子一經이오
한서 운 황금만영 불여교자일경

賜子千金이 不如敎子一藝니라
사자천금 불여교자일예

☞ 뜻풀이

한서에 이르기를, 황금이 상자에 가득 차 있다해도 자식에게 경서(經書) 하나 가르치는 것만 같지 못하고, 자식에게 천금을 물려준다 해도 자식에게 기술 한 가지를 가르치는 것만 같지 못하느니라.

☞ 의 미

자식에게는 재물을 물려주는 것보다는 글을 더 가르치고 기술을 배우게 해야 하는 것이 낫다.

經(글 경) 藝(재주 예) 賜(줄 사)

至樂은 莫如讀書요 至要는 莫如敎子니라
지락 막여독서 지요 막여교자

☞ 뜻풀이

지극한 즐거움으로는 책을 읽는 것만 같음이 없고, 지극히 필요한 것으로는 자식을 가르치는 것만 같음이 없느니라.

☞ 의 미

사람의 최고 즐거움은 글을 배우고 가르치는 것이다.

至(지극할 지) 讀(읽을 독) 樂(즐거울 락)

呂滎公이 曰 內無賢父兄하고
여영공 왈 내무현부형

外無嚴師友而能有成者鮮矣니라
외무엄사우이능유성자선의

☞ 뜻풀이

여형공이 말하기를, 집안에 어진 어버이와 형이 없고 밖으로 엄한 스승과 벗이 없으면 능히 성취함이 있는 자는 드무니라.

☞ 의 미

사람이 성공하기 위해서는 가족의 뒷받침과 스승이나 친구의 도움이 절대적으로 필요하다.

鮮(드물 선) 嚴(엄할 엄) 賢(어질 현) 師(스승 사)

太公이 曰 男子失教면 長必頑愚하고
태 공 왈 남 자 실 교 장 필 완 우

女子失教면 長必麁疎니라
여 자 실 교 장 필 추 소

☞ 뜻풀이

태공이 말하기를, 남자가 가르침을 받지 못하면 자라서 반드시 미련하고 어리석으며, 여자가 가르침을 받지 못하면 자라서 반드시 거칠고 솜씨가 없느니라.

☞ 의 미

남자든 여자든 배움이 없이 인간형성을 할 수 없다.

頑(완고할 완) 疎(성길 소)

男年長大어든 莫習樂酒하고
남 년 장 대 막 습 악 주

女年長大어든 莫令遊走니라
여 년 장 대 막 령 유 주

☞ 뜻풀이

남자가 장성하면 풍악과 술 마시기를 익히지 못하게 하고, 여자가 장성하면 돌아다니며 놀게 하지 말지니라.

☞ 의 미

남자는 풍류와 주색을 조심해야하고 여자는 일없이 돌아다니는 것을 조심해야 한다.

酒(술 주) 遊(돌아다닐 유) 長(길 장)

嚴父는 出孝子하고 嚴母는 出孝女니라
엄 부 출 효 자 엄 모 출 효 녀

☞ 뜻풀이

엄한 아버지는 효자를 길러 내고 엄한 어머니는 효녀를 길러 내느니라.

☞ 의 미

좋은 가정교육 아래서 효자 효녀가 난다하는 의미

憐兒어든 多與棒하고 憎兒어든 多與食하라
연 아 다 여 봉 증 아 다 여 식

☞ 뜻풀이

아이를 사랑하거든 매를 많이 주고, 아이를 미워하거든 먹을 것을 많이 주어라.

☞ 의 미

자식을 아끼고 사랑하거든 잘못된 일을 달래거나 그냥 놔두지 말고 매로 다스리라.

憐(어여삐여길 련) 與(줄 여) 棒(몽둥이 봉) 憎(미워할 증)

人皆愛珠玉이나 我愛子孫賢이니라
인 개 애 주 옥 아 애 자 손 현

☞ 뜻풀이

남들은 모두 주옥(珠玉)을 사랑하지만, 나는 자손 어진 것을 사랑하느니라.

☞ 의 미

재물이나 보화보다는 자손이 보물이라는 의미

省心篇
성 심 편

景行錄에 云 寶貨는 用之有盡하되
경 행 록 운 보 화 용 지 유 진

忠孝는 享之無窮이니라
충 효 향 지 무 궁

☞ 뜻풀이

경행록에 이르기를, 재물은 이를 쓰면 끝이 있지만, 충성과 효성은 이를 누려도 끝이 없느니라.

☞ 의 미

충과 효는 끝이 없음을 강조한 글이다.

享(누릴 향) 窮(궁할 궁) 盡(다할 진)

家和면 貧也好어니와 不義면 富如何오
가 화 빈 야 호 불 의 부 여 하

但存一子孝면 何用子孫多리오
단 존 일 자 효 하 용 자 손 다

☞ 뜻풀이

집안이 화목하면 가난해도 좋거니와 의롭지 않다면 부자인들 무엇하랴. 다만 한 자식이라도 효도하는 자가 있다면 자손이 많아서 무엇에 쓰리오.

☞ 의 미

화목 할 수 있다면 가난해도 좋고 효도하는 자식이 있다면 많은 자식이 필요없다.

父不憂心은 因子孝요
부 불 우 심 인 자 효

夫無煩惱는 是妻賢이라
부 무 번 뇌 시 처 현

言多語失은 皆因酒요
언 다 어 실 개 인 주

義斷親疎는 只爲錢이라
의 단 친 소 지 위 전

☞ 뜻풀이

아버지가 근심하지 않는 것은 자식이 효도하기 때문이요, 남편이 번뇌가 없는 것은 아내가 어질기 때문이다. 말이 많아 말에 실수함은 모두 술 때문이요, 의가 끊어지고 친함이 벌어지는 것은 오직 돈 때문이니라.

☞ 의 미

자식은 효도하고 아내는 어질고 술은 적게 마시고 돈을 경계하라는 의미

因(인할 인) 是(이 시) 只(다만 지) 爲(하 위)

旣取非常樂이어든 須防不測憂니라
기 취 비 상 락 수 방 불 측 우

☞ 뜻풀이

이미 심상치 못한 즐거움을 가졌거든 모름지기 헤아릴 수 없는 근심을 방비할 것이니라.

☞ 의 미

예기치 못한 즐거움이 있듯이 근심도 있으니 항상 몸가짐을 바르게 하라.

旣(이미 기) 須(모름지기 수)

得寵思辱하고 居安慮危니라
득 총 사 욕 거 안 여 위

☞ 뜻풀이

사랑을 받거든 욕됨을 생각하고, 편안함에 살거든 위태함을 생각할지니라.

☞ 의 미

지금 사랑받고 편안함에 있을지라도 언제 닥칠지 모르는 위험에 항상 대비하라는 의미.

寵(사랑할 총) 辱(욕할 욕) 慮(생각 여)

榮輕辱淺이오 利重害深이니라
영 경 욕 천 　 이 중 해 심

☞ 뜻풀이

영화가 가벼우면 욕됨이 얕고, 이(利)가 무거우면 해(害)도 깊으니라.

☞ 의 미

욕심이 지나친 영화와 이익을 경계하라는 의미.

輕(가벼울 경) 淺(얕을 천) 利(이로울 리) 重(무거울 중)

甚愛必甚費요 甚譽必甚毁요
심 애 필 심 비 　 심 예 필 심 훼

甚喜必甚憂요 甚贓必甚亡이니라
심 희 필 심 우 　 심 장 필 심 망

☞ 뜻풀이

사랑함이 심하면 반드시 심한 소모를 가져오고, 칭찬받음이 심하면 반드시 심한 헐뜯음을 가져오고, 기뻐함이 심하면 반드시 심한 근심을 가져오고, 뇌물 탐함이 심하면 반드시 심한 멸망을 가져오느니라.

☞ 의 미

정도에 지나치는 것을 경계해야 한다.

甚(심할 심) 費(허비할 비) 譽(기릴 예) 毁(헐 훼) 贓(뇌물받을 장)

子曰 不觀高崖면 何以知顚墜之患이며
자 왈 불 관 고 애 하 이 지 전 추 지 환

不臨深淵이면 何以知沒溺之患이며
불 림 심 연 하 이 지 몰 닉 지 환

不觀巨海면 何以知風波之患이리오
불 관 거 해 하 이 지 풍 파 지 환

☞ 뜻풀이

공자가 말씀하시기를 높은 벼랑을 보지 않으면 어찌 굴러 떨어지는 환난을 알며, 깊은 못에 가지 않으면 어찌 빠져 죽는 환난을 알며, 큰 바다를 보지 않으면 어찌 풍파의 환난을 알리요.

☞ 의 미

세상 일은 경험해 보지 않고서는 잘 모른다.

崖(낭떠러지 애) 墜(떨어질 추) 沒(빠질 몰) 顚(엎어질 전) 淵(못 연)
溺(빠질 익) 臨(임할 림)

欲知未來커든 先察已然이니라
욕 지 미 래 선 찰 이 연

☞ 뜻풀이

미래를 알려거든 먼저 지나간 일을 살펴보라.

☞ 의 미

지난 일을 미루어 앞일을 알 수 있다.

察(살필 찰) 然(그러할 연)

子曰 明鏡은 所以察形이오
자 왈 명 경 소 이 찰 형

往者는 所以知今이니라
왕 자 소 이 지 금

☞ 뜻풀이

공자가 말씀하시기를, 밝은 거울은 형상을 살필 수 있고 지나간 일은 현재를 아는 것이된다.

過去事는 明如鏡이오
과 거 사 명 여 경

未來事는 暗似漆이니라
미 래 사 암 사 칠

☞ 뜻풀이

지나간 일은 밝기가 거울 같고, 미래의 일은 어둡기다 칠흑(漆黑)같으니라.

☞ 의 미

지나온 일은 알아도 앞일은 알 수 없다.

似(같을 사) 漆(옻 칠) 鏡(거울 경)

景行錄에 云하되 明朝之事를
경 행 록 운 명 조 지 사

薄暮에 不可必이오 薄暮之事를
박 모 불 가 필 박 모 지 사

晡時에 不可必이니라
포 시 불 가 필

☞ 뜻풀이

경행록에 이르기를, 내일 아침 일을 (오늘) 저녁때에 꼭 그렇게 되리라 할 수 없고, 저녁때 일을 포시(오후3시~5시)에 꼭 그러리라고 할 수 없느니라.

☞ 의 미

단 몇시간 뒤에 일도 알지 못한다.

薄(엷을 박) 暮(땅거미 모)

天有不測風雨하고 人有朝夕禍福이니라
천 유 불 측 풍 우　　인 유 조 석 화 복

☞ 뜻풀이

하늘에는 예측할 수 없는 바람과 비가 있고 사람에겐 아침·저녁으로 화(禍)와 복(福)이 있느니라.

☞ 의 미

하늘을 예측 할 수 없듯이 인생도 예측할 수 없다.

未歸三尺土하야 難保百年身이오
미 귀 삼 척 토　　난 보 백 년 신

已歸三尺土하야 難保百年墳이니라
이 귀 삼 척 토　　난 보 백 년 분

☞ 뜻풀이

석자 흙 속으로 돌아가기 전에는 백년간 몸을 보전키 어렵고, 이미 석자 흙 속으로 돌아가서는 백년 동안 무덤을 보전키 어려우니라.

☞ 의 미

사람이 아무일 없이 일생을 살기가 매우 어렵다는 것을 나타내는 말이다.

墳(무덤 분) 歸(돌아갈 귀) 保(보호할 보)

景行錄에 云하되 木有所養이면
경 행 록　운　　목 유 소 양

則根本固而枝葉茂하여 棟樑之材成하고
측 근 본 고 이 지 엽 무　　동 량 지 재 성

水有所養이면 則泉源壯而流派長하여
수 유 소 양　　측 천 원 장 이 유 파 장

灌漑之利博하고 人有所養이면
관 개 지 리 박　　인 유 소 양

則志氣大而識見明하여
즉 지 기 대 이 식 견 명

忠義之士出이니 可不養哉아
충 의 지 사 출 가 불 양 재

☞ 뜻풀이

경행록에 이르기를, 나무를 기르는 바 있으면 뿌리가 튼튼하고 가지와 잎이 무성해서 동량의 재목을 이루고, 물을 기르는 바 있으면 샘의 근원이 힘차고 흐르는 물줄기가 길어서 관개(灌漑)의 이익이 널리 베풀어지고, 사람을 기르는 바 있으면 뜻과 기상이 크고 식견이 밝아져서 충의(忠義)의 선비가 나오나니, 기르지 않을 수 있겠는가

☞ 의 미

나무나 물을 잘 길러야 이익을 얻을 수 있듯이 사람도 잘 기르고 가꾸어야 인재를 얻을 수 있다.

固(굳을 고) 茂(무성할 무) 泉(샘 천) 灌(물댈 관) 漑(물댈 개) 博(넓을 박)

自信者는 人亦信之하나니
자 신 자 인 역 신 지

吳越이 皆兄弟요 自疑者는
오 월 개 형 제 자 의 자

人亦疑之하나니 身外皆敵國이니라
인 역 의 지 신 외 개 적 국

☞ 뜻풀이

스스로 믿는 자는 남도 또한 그를 믿나니, 오나라와 월나라와 같은 적국 사이라도 모두 형제와 같이 될 수 있고, 스스로 의심하는 자는 남도 또한 그를 의심하나니, 자기 이외에는 모두 원수의 나라와 같이 되느니라.

☞ 의 미

먼저 자기 자신을 믿지 못하는 사람은 남도 믿지 못하니 남 또한 자기를

밑어 주지 않는다.

疑(의심할 의) 越(나라 월)

疑人莫用하고 用人勿疑니라
의 인 막 용 용 인 물 의

☞ 뜻풀이

사람을 의심하거든 쓰지 말고, 사람을 쓰거든 의심치 말지니라.

☞ 의 미

의심스러운 사람이면 처음부터 쓰지 말고, 사람을 쓴 뒤에는 의심하지 말라.

諷諫에 云하되 水底魚天邊雁은
풍 간 운 수 저 어 천 변 안

高可射兮低可釣어니와 惟有人心咫尺間이라도
고 가 사 혜 저 가 조 유 유 인 심 지 척 간

咫尺人心不可料니라
지 척 인 심 불 가 료

☞ 뜻풀이

풍간에 이르기를, 물밑의 물고기와 하늘 높은 곳의 기러기는, 활로 쏘고 낮은 데 있는 것은 낚을 수 있거니와, 오직 사람의 마음은 가까운 곳에 있어도, 이 가까운 곳에 있는 마음은 헤아릴 수 없다.

☞ 의 미

가장 헤아리기 어려운 것이 사람의 마음이다.

諫(충고할 간) 邊(가장자리 변) 雁(기러기 안) 釣(낚을 조)

咫(지척 지) 料(헤아릴 료)

畵虎畵皮難畵骨이오 知人知面不知心이니라
화 호 화 피 난 화 골 지 인 지 면 부 지 심

☞ 뜻풀이

범을 그리되 가죽은 그릴 수 있으나 뼈는 그리기 어렵고, 사람을 알되 얼굴은 알지만 마음은 알지 못하느니라.

☞ 의 미

사람의 마음은 헤아리기가 어렵다.

畫(그림 화) 骨(뼈 골)

對面共話하되 心隔千山이니라
대 면 공 화 심 격 천 산

☞ 뜻풀이

얼굴을 맞대고 같이 이야기는 하나, 마음은 많은 산을 격해 있는 것처럼 멀리 떨어져 있느니라.

☞ 의 미

사람의 마음은 겉을 보고 알 수 없다.

隔(격할 격)

海枯終見底나 人死不知心이니라
해 고 종 견 저 인 사 부 지 심

☞ 뜻풀이

바다는 마르면 결국은 그 바닥을 볼 수 있으나, 사람은 죽어도 마음은 알지 못하느니라.

☞ 의 미

사람의 마음을 알 수 없음을 강조한 글이다.

終(마칠 종) 底(밑 저)

太公이 曰 凡人은 不可逆相이오
태 공 왈 범 인 불 가 역 상

海水는 不可斗量이니라
해 수　　불 가 두 량

☞ 뜻풀이

태공이 말하기를, 보통 사람은 타고난 운명을 거스를 수 없고, 바닷물은 말로 될 수 없느니라.

☞ 의 미

사람의 앞날은 예측할 수 없다.

景行錄에 云하되 結怨於人은
경 행 록　　운　　결 원 어 인

謂之種禍요 捨善不爲는 謂之自賊이니라
위 지 종 화　　사 선 불 위　　위 지 사 적

☞ 뜻풀이

경행록에 이르기를 남과 원수를 맺는 것은 재앙의 씨를 심는 것이라 말하고, 착한 것을 버리고 행하지 않는 것은 스스로를 해치는 것이라 하느니라.

☞ 의 미

남과 원수를 맺는 것을 피하고 선을 행하라.

怨(원한 원) 捨(놓을 사) 賊(해칠 적) 種(심을 종)

若聽一面說이면 便見相離別이니라
약 청 일 면 설　　변 견 상 이 별

☞ 뜻풀이

만약 한편 말만 들으면 문득 친한 사이가 떨어짐을 볼 것이니라.

☞ 의 미

양쪽의 의견을 듣고 난 뒤 판단을 해야 정확하다.

聽(들을 청) 便(문득 변)

飽煖엔 思淫慾하고 飢寒엔 發道心이니라
포 난 사 음 욕 기 한 발 도 심

☞ 뜻풀이

배부르고 따뜻한 곳에서는 음탕한 욕심이 생각나고, 굶주리고 추운 곳에서는 바른 마음이 일어나느니라.

☞ 의 미

배부르고 등이 따뜻하면 엉뚱한 생각을 하지만 어려운 곳에서는 인정이 생긴다.

飽(배부를 포) 煖(더울 난) 淫(음란할 음) 慾(하고자할 욕)

疎廣이 曰 賢人多財면 則損其志하고
소 광 왈 현 인 다 재 즉 손 기 지

愚人多財면 則益其過니라
우 인 다 재 즉 익 기 과

☞ 뜻풀이

소광이 말하기를 어진 사람이 재물이 많으면 그 지조를 손상하고, 어리석은 사람이 재물이 많으면 과실을 더하느니라.

☞ 의 미

재물이란 사람의 정신을 흐리게 하니 경계해야 한다.

人貧智短하고 福至心靈이니라
인 빈 지 단 복 지 심 령

☞ 뜻풀이

사람이 가난하면 지혜가 짧아지고, 복이 이르면 마음이 신령스러워지느니라.

☞ 의 미

너무 가난하면 지혜를 발휘할 수 없고, 뜻밖에 행운이 생기면 지혜가 밝아진다.

不經一事면 不長一智니라
불경일사 부장일지

☞ 뜻풀이

한 가지 일을 경험하지 않으면 한 가지 지혜가 자라지 않느니라.

☞ 의 미

거듭되는 경험에서 지혜가 생긴다.

是非終日有라도 不聽自然無니라
시비종일유 불청자연무

☞ 뜻풀이

잘잘못을 따지는 일이 종일토록 있을지라도 듣지 않으면 저절로 없어지느니라.

☞ 의 미

상대가 시비를 걸어도 상대를 하지 않으면 싸움이 나지 않는다.

來說是非者는 便是是非人이니라
내설시비자 변시시비인

☞ 뜻풀이

와서 남의 옳고 그름을 말하는 자는 이것이 곧 시비하는 사람이니라.

非(아닐 비) 便(문득 변)

擊壤詩에 云하되 平生에 不作皺眉事면
격양시 운 평생 부작추미사

世上에 應無切齒人이니라 大名을
세상 응무절치인 대명

豈有鐫頑石가 路上行人口勝碑니라
기유전완석 노상행인구승비

☞ 뜻풀이

격양시에 이르기를, 평생에 눈섭 찡그릴 일을 하지 않으면 세상에 응당 이를 갈 사람이 없을 것이다. 큰 이름을 어찌 (감각 없는) 무딘 돌에 새길 것인가. 길 가는 사람의 입이 비석(碑石)보다 나으리라.

☞ 의 미

사람은 남과 원한을 맺지 말아야 한다.

壤(흙덩이 양) 眉(눈섭 미) 應(응할 응) 豈(어찌 기) 頑(완고할 완) 鐫(새길 전)

有麝自然香이어늘 何必當風立고
유 사 자 연 향 하 필 당 풍 립

☞ 뜻풀이

사향(麝香)을 지녔으면 저절로 향기로운데 어찌 반드시 바람을 맞이하여 설 것인가.

☞ 의 미

덕망이 깊으면 저절로 세상에 이름이 난다.

麝(사향 사) 香(향기 향) 風(바람 풍)

有福莫享盡하라 福盡身貧窮이오
유 복 막 향 진 복 진 신 빈 궁

有勢莫使盡하라 勢盡寃相逢이니라
유 세 막 사 진 세 진 원 상 봉

福兮常自惜하고 勢兮常自恭하라
복 혜 상 자 석 세 혜 상 자 공

人生驕與侈는 有始多無終이니라
인 생 교 여 치 유 시 다 무 종

☞ 뜻풀이

복이 있다 해도 다 누리지 말라. 복이 다하면 몸이 빈궁해 질 것이요.

권세가 있다 해도 다 부리지 말라. 권세가 다하면 원수와 서로 만나느니라. 복이 있거든 항상 스스로 아끼고 권세가 있거든 항상 스스로 공손하라. 사람이 살아가는 데 있어 교만과 사치는 처음은 있으나 끝이 없는 일이 많느니라.

☞ 의 미

복이 있을 때 아끼고 권세가 있을 때 더욱 겸손해야 한다.

莫(말 막) 使(부릴 사) 寃(원한 원) 恭(공손할 공) 盡(다할 진)

窮(궁할 궁) 驕(교만할 교)

黃金千兩이 未爲貴요 得人一語가
황금천량 미위기 득인일어

勝千金이니라
승천금

☞ 뜻풀이

황금 천냥이 귀한 것이 아니고, 사람의 좋은 말 한 마디 듣는 것이 천금(千金)보다 나으니라.

☞ 의 미

황금보다 마음의 양식이 되는 말이 귀하다.

貴(귀할 귀) 勝(이길 승)

王參政四留銘에 曰 留有餘不盡之巧하여
왕참정사류명 왈 유유여부진지교

以還造物하고 留有餘不盡之祿하여
이환조물 유유여부진지록

以還朝廷하고 留有餘不盡之財하여
이환조정 유유여부진지재

以還百姓하고 留有餘不盡之福하여
이 환 백 성 　 유 유 여 부 진 지 복

以還子孫이니라
이 환 자 손

☞ 뜻풀이

왕참정 사류명에 이르기를, 여유가 있고 다 쓰지 아니한 재주는 남겨 두었다가 조물주한테 돌려주고, 여유가 있고 다 쓰지 아니한 녹은 남겨 두었다가 조정에 돌려주고, 여유가 있고 다 쓰지 아니한 재물은 남겨 두었다가 백성에게 돌려주고, 여유가 있고 다 누리지 아니한 복은 남겨 두었다가 자손에게 돌려줄지니라.

☞ 의 미

재주, 녹, 재물, 복의 네 가지는 있다고 마구 쓰지 말고 앞날을 위해 남겨 두라.

留(머무를 류) 巧(재주 교) 還(돌릴 환) 祿(봉록 록)

巧者는 拙之奴요 苦者는 樂之母니라
교 자 　 졸 지 노 　 고 자 　 낙 지 모

☞ 뜻풀이

재주 있는 사람은 재주 없는 사람의 종이요, 괴로움은 즐거움의 어머니이니라.

苦(괴로울 고) 樂(즐거울 락)

小船은 難堪重載요 深逕은 不宜獨行이니라
소 선 　 난 감 중 재 　 심 경 　 불 의 독 행

☞ 뜻풀이

작은 배는 무겁게 싣는 것을 견디기 어렵고, 으슥한 길은 혼자 다니기에 마땅치 않느니라.

☞ 의 미

모든 일을 분수에 맞게 하라.

堪(견딜 감) 逕(길 경) 宜(마땅 의)

黃金이 未是貴요 安樂이 值錢多니라
황 금 미 시 귀 안 락 치 전 다

☞ 뜻풀이

황금이 곧 귀한 것이 아니요, 편안하고 즐거운 것이 값어치가 더 많은 것이니라.

☞ 의 미

황금이 많은 것보다 마음이 편안한 것이 좋다.

值(가격 치) 錢(돈 전)

在家에 不會邀賓客이면
재 가 불 회 요 빈 객

出外에 方知少主人이니라
출 외 방 지 소 주 인

☞ 뜻풀이

집에 있어서 손님을 맞아 모실 줄 모르면, 밖에 나가서 손님으로 가봐야 주인 적은 줄을 알리라.

☞ 의 미

손님을 대하는 예의를 지극히 할 것을 이르는 말.

邀(맞을 요) 賓(손 빈)

貧居鬧市無相識이오 富住深山有遠親이니라
빈 거 요 시 무 상 식 부 주 심 산 유 원 친

☞ 뜻풀이

가난하면 번화한 시장거리에 살아도 서로 아는 사람이 없고, 넉넉하면

깊은 산중에 살아도 먼 데서 찾아오는 친구가 있느니라.

☞ 의 미

가난한 사람의 슬픔을 나타낸 글이다.

住(머무를 주) 深(깊을 심)

人義는 盡從貧處斷이오
인 의 진 종 빈 처 단

世情은 便向有錢家니라
세 정 변 향 유 전 가

☞ 뜻풀이

사람의 의리는 다 가난한 데 따라 끊어지고, 세상의 인정은 곧 돈 있는 집으로 쏠리느니라.

☞ 의 미

세상의 인심을 나타낸 글이다.

盡(다할 진) 斷(끊을 단) 便(곧 변) 向(향할 향)

寧塞無底缸이언정 難塞鼻下橫이니라
영 색 무 저 항 난 색 비 하 횡

☞ 뜻풀이

차라리 밑 빠진 항아리는 막을지언정 코 아래 가로 놓인 것(입)은 막기 어려우니라.

☞ 의 미

사람은 먹지 않고 살 수 없다.

寧(편안할 녕) 塞(막을 색) 缸(항아리 항) 鼻(코 비) 橫(가로 횡)

人情은 皆爲窘中疎니라
인 정 개 위 군 중 소

☞ 뜻풀이

사람의 정은 다 군색한 가운데서 성기어지게 되느니라.

☞ 의 미

너무 가난하게 살면 친구도 없다.

窘(궁색할 궁) 疎(생길 소)

史記에 曰 郊天禮廟엔 非酒不享이오
사 기 　 왈 　 교 천 예 묘 　 비 주 불 향

君臣朋友엔 非酒不義요
군 신 붕 우 　 비 주 불 의

鬪爭相和엔 非酒不勸이라
투 쟁 상 화 　 비 주 불 권

故로 酒有成敗而不可泛飮之니라
고 　 주 유 성 패 이 불 가 봉 음 지

☞ 뜻풀이

사기에 이르기를, 하늘에 제사를 지내고 사당에 제례 올림에도 술이 아니면 흠향치 않을 것이요, 임금과 신하, 벗과 벗 사이에도 술이 아니면 의리가 두터워지지 않을 것이요, 싸움을 하고 서로 화해함에도 술이 아니면 권하지 못할 것이다. 그러므로 술에는 일을 성사시키고 망치는 것이 있지만, 그러나 엎어지도록 이를 마셔서는 안 되느니라.

☞ 의 미

술은 일을 성사시키기도 하지만 망하게 하는 일도 많으니 신중하게 마셔야 한다.

享(누릴 향) 而(말이을 이) 廟(사당 묘) 鬪(싸울 투) 泛(엎어질 봉, 뜰 범)

子曰 士志於道而恥惡衣惡食者는
자 왈 　 사 지 어 도 이 치 악 의 악 식 자

未足與議也니라
미 족 여 의 야

☞ 뜻풀이

공자가 말씀하시기를, 선비가 도에 뜻을 두면서 나쁜 옷과 나쁜 음식을 부끄러워하는 자는 족히 더불어 의논할 수가 없느니라.

☞ 의 미

이른바 선비는 물질을 초월해야 한다.

恥(부끄러울 치) 惡(나쁠 악, 못생길 악) 議(의논할 의)

筍子曰 士有妬友則賢交不親하고
순 자 왈 사 유 투 우 즉 현 교 불 친

君有妬臣則賢人不至니라
군 유 투 신 즉 현 인 부 지

☞ 뜻풀이

순자가 말하기를, 선비가 벗을 투기하는 일이 있으면 어진 벗과 친할 수 없고, 임금이 신하를 투기하는 일이 있으면 어진 사람이 오지 않느니라.

☞ 의 미

선비가 투기하는 것은 옳지 않다.

妬(투기할 투) 賢(어질 현)

天不生無祿之人하고 地不長無名之草니라
천 불 생 무 록 지 인 지 부 장 무 명 지 초

☞ 뜻풀이

하늘은 녹 없는 사람을 내지 않고, 땅은 이름 없는 풀을 기르지 않느니라.

☞ 의 미

사람이 먹을 것은 타고 난다.

祿(봉록 록)

大富는 由天하고 小富는 由勤이니라
대부 유천 소부 유근

☞ 뜻풀이

큰 부자는 하늘에 달려 있고, 작은 부자는 부지런함에 달려 있느니라.

☞ 의 미

부지런하면 세상에 어려운 것이 없다.

由(말이암을 유) 勤(부지런할 근)

成家之兒는 惜糞如金하고
성가지아 석분여금

敗家之兒는 用金如糞이니라
패가지아 용금여분

☞ 뜻풀이

되는 집 아이는 똥 아끼기를 금과 같이 하고, 집안이 망하는 집 아이는 돈 쓰기를 똥과 같이 한다.

惜(아낄 석) 糞(똥 분)

無藥可醫卿相壽로되 有錢難買子孫賢이니라
무약가의경상수 유전난매자손현

☞ 뜻풀이

약이 없어도 재상의 목숨은 구할 수 있되, 돈이 있어도 자손의 어진 것은 살 수 없다.

☞ 의 미

돈으로 부귀와 권세는 누릴 수 있으나 현명한 자손은 살 수 없다.

卿(귀할 경)

一日清閑이면 一日仙이니라
일일청한 일일선

☞ 뜻풀이

하루라도 마음이 깨끗하고 한가하면 그 하루는 신선이 되느니라.

☞ 의 미

마음이 깨끗하고 평안하면 좋은 인생을 사는 것이다.

閑(한가할 한) 仙(신선 선)

花落花開開又落하고 錦衣布衣更換着이라
화 락 화 개 개 우 락 금 의 포 의 갱 환 착

豪家未必常富貴요 貧家未必長寂寞이라
호 가 미 필 상 부 귀 빈 가 미 필 장 적 막

扶人未必上青霄요 推人未必塡邱壑이라
부 인 미 필 상 청 소 추 인 미 필 진 구 학

勸君凡事에 莫怨天하라
권 군 범 사 막 원 천

天意於人에 無厚薄이니라
천 의 어 인 무 후 박

☞ 뜻풀이

꽃은 지고 꽃은 피고 또 지고 비단옷도 베옷도 다시 바꿔 입느니라. 호화로운 집이라고 해서 반드시 언제나 부귀한 것이 아니요, 가난한 집이라 해서 반드시 오래 적막하지는 않으리라. 사람을 붙들어 올려도 반드시 푸른 하늘에 올라가지는 못할 것이요, 사람을 밀어도 반드시 깊은 구렁에 떨어지지는 않느니라. 그대에게 권고하노니, 모든 일에 하늘을 원망하지 말라. 하늘의 뜻은 사람에게 후하고 박함이 없느니라.

☞ 의 미

부귀와 빈천은 돌고 도는 것이니 하늘을 원망하지 말라.

開(열 개) 長(긴 장) 寂(고요 적) 塡(막힐 진, 누를 전)

堪歎人心毒似蛇라 誰知天眼轉如車오
감 탄 인 심 독 사 사 수 지 천 안 전 여 차

去年妄取東隣物터니 今日還歸北舍家라
거 년 망 취 동 린 물 금 일 환 귀 북 사 가

無義錢財湯潑雪이오 儻來田地水推沙니라
무 의 전 재 탕 발 설 당 래 전 지 수 추 사

若將狡譎爲生計면 恰似朝開暮落花라
약 장 교 휼 위 생 계 흡 사 조 개 모 락 화

☞ 뜻풀이

사람의 마음이 독하기가 뱀 같음을 한탄하여 마지 않는다. 누가 하늘의 눈이 수레바퀴처럼 돌아가고 있음을 알랴. 지난해에 망령되게 동녘 이웃의 물건을 가져왔더니 오늘엔 도로 북녘 집으로 돌아갔구나. 의리가 아니게 취한 돈과 재물은 끓는 물에 뿌려진 눈이요, 뜻밖에 얻어진 전답(田畓)은 물에 밀려온 모래이니라. 만약 교활한 꾀로 생활하는 방법을 삼으려 한다면 그것은 흡사 아침에 피었다 저녁에 지는 꽃과 같을 것이니라.

☞ 의 미

사람은 노력한 만큼의 정당한 댓가로 생활을 해야 한다.

隣(이웃 린) 將(장차 장, 장수 장) 狡(교활할 교)
恰(흡사할 흡) 蛇(뱀 사) 妄(망령될 망)

康節邵先生이 曰 閑居에 愼勿說無妨하라
강 절 소 선 생 왈 한 거 신 물 설 무 방

纔說無妨便有妨이니라 爽口勿多能作疾이오
재 설 무 방 변 유 방 상 구 물 다 능 작 질

快心事過必有殃이라 與其病後能服藥으론
쾌 심 사 과 필 유 앙 여 기 병 후 능 복 약

不若病前能自防이니라
불 약 병 전 능 자 방

☞ 뜻풀이

강절소 선생이 말하기를, 한가롭게 살 때 삼가 걱정할 것이 없다고 말하지 말라. 겨우 걱정할 것이 없다는 말이 입에서 나오자 문득 걱정이 생기리라. 입에 상쾌한 음식이라고 해서 많이 먹으면 병을 만들 것이요, 마음에 쾌한 일이라고 해서 지나치게 하면 반드시 재앙이 있으리라. 병이 난 후에 약을 잘 먹는 것으로는 병이 나기 전에 스스로 잘 예방하는 것만 같지 못하느니라.

☞ 의 미

무슨 일이든지 안심하지 말고 정도에 지나치게 행하지 말라.

便(문득 변) 與(더불어 여, 미칠 여) 能(능할 능) 愼(생각할 신)
妨(거리낄 방) 爽(상쾌할 상)

梓潼帝君垂訓에 曰 妙藥도
재 동 제 군 수 훈 왈 묘 약

難醫冤債病이오 橫財도 不富命窮人이라
난 의 원 채 병 횡 재 불 부 명 궁 인

生事事生을 君莫怨하고 害人人害를
생 사 사 생 군 막 원 해 인 인 해

汝休嗔하라 天地自然皆有報하니
여 휴 진 천 지 자 연 개 유 보

遠在兒孫近在身이니라
원 재 아 손 근 재 신

☞ 뜻풀이

재동제군의 훈계를 내려 말하기를 신묘한 약이라도 원한의 병은 고치기 어렵고, 뜻밖에 생기는 재물도 운수가 궁한 사람은 부자가 되게 하지 못

한다. 일을 생기게 하고 나서 일이 생기는 것을 그대는 원망하지 말고, 남을 해치고 나서 남이 해치는 것을 너는 성내지 말라. 하늘과 땅이 스스로 다 보답함이 있나니, 멀면 자손에게 있고 가까우면 자기 몸에 있느니라.

☞ 의 미

남에게 원한을 살 일을 하지 말아라.

寃(원할 원) 嗔(성낼 진)

眞宗皇帝御製에 曰 知危識險이면
진종황제어제 왈 지위식험

終無羅網之門이오 擧善薦賢이면
종무나망지문 거선천현

自有安身之路라 施仁布德은
자유안신지로 시인포덕

乃世代之榮昌이오 懷妬報寃은
내세대지영창 회투보원

與子孫之爲患이라 損人利己면
여자손지위환 손인이기

終無顯達雲仍이오 害衆成家면
종무현달운잉 해중성가

豈有長久富貴리오 改名異體는
기유장구부귀 개명이체

皆因巧語而生이오 禍起傷身은
개인교어이생 화기상신

皆是不仁之召니라
개시불인지소

☞ 뜻풀이

진종 황제 어제에 이르기를, 위태함을 알고 험한 것을 알면 마침내 그물을 늘여놓은 문 곧 법망의 문이 없을 것이요, 착한 이를 기용하고 어진 사람을 천거하면 스스로 몸이 편안할 길이 있느니라. 인(仁)을 베풀고 덕(德)을 폄은 곧 대대(代代)로 번영을 가져올 것이요, 시기하는 마음을 품고 원한을 보복함은 자손에게 주는 근심이 되느니라. 남을 해롭게 해서 자기를 이롭게 한다면 마침내 현달하는 자손이 없고, 뭇 사람을 해롭게 해서 성가(成家)를 한다면 어찌 오래 갈 부귀(富貴)가 있겠는가. 이름을 갈고 몸(모습)을 달리함은 모두 교묘한 말로 말미암아 생긴 것이고 재앙이 일어나고 몸이 상하게 됨은 다 어질지 못함이 부르는 것이니라.

☞ 의 미

다른 사람에게 해를 입히면서까지 자신을 이롭게 하는 것을 하지 못하도록 경계한 글이다.

製(지을 제) 薦(천거할 천) 懷(품을 회) 患(근심 환) 損(감할 손)

神宗皇帝御製에 曰 遠非道之財하고
신종황제어제 왈 원비도지재

戒過度之酒하며 居必擇隣하고
계과도지주 거필택린

交必擇友하며 嫉妬를 勿起於心하고
교필택우 질투 물기어심

讒言을 勿宣於口하며 骨肉貧者를
참언 물선어구 골육빈자

莫疎하고 他人富者를 莫厚하며 克己는
막소 타인부자 막후 극기

以勤儉爲先하고 愛衆은 以謙和爲首하며
이근검위선 애중 이겸화위수

常思已往之非하고 每念未來之咎하라
상 사 이 왕 지 비 매 념 미 래 지 구

若依朕之斯言이면 治國家而可久니라
약 의 짐 지 사 언 치 국 가 이 가 구

☞ 뜻풀이

신종 황제 어제에 이르기를 도리가 아닌 재물은 멀리하고, 정도(程度)에 지나치는 술을 경계하며, 반드시 이웃을 가려 살고, 반드시 벗을 가려 사귀며, 질투를 마음에 일으키지 말고, 참소하는 말을 입에서 내지 말며, 동기간의 가난한 자를 소홀히 하지 말고, 다른 사람의 부유한 자에게 후하게 하지 말며, 자기의 사욕을 극복함에는 부지런하고 아껴 쓰는 것으로 첫째로 삼고, 민중을 사랑함에는 겸손하고 화평하게 하는 것으로 첫째로 삼을 것이며, 언제나 지나간 날의 잘못됨을 생각하고, 매양 앞날의 허물을 생각하라. 만약 짐의 이 말에 의한다면 나라와 집안을 다스림이 오래 갈 것이니라.

☞ 의 미

나라와 집안을 다스릴 때 경계해야 할 것을 이르는 말이다.

遠(멀 원) 克(이길 극) 儉(검소할 검) 朕(나 짐) 咎(허물 구)

高宗皇帝御製에 曰 一星之火도
고 종 황 제 어 제 왈 일 성 지 화

能燒萬頃之薪하고 半句非言도
능 소 만 경 지 신 반 구 비 언

誤損平生之德이라 身被一縷나
오 손 평 생 지 덕 신 피 일 루

常思織女之勞하고 日食三飧이나
상 사 직 녀 지 로 일 식 삼 손

每念農夫之苦하라 苟貪妬損이면
매 념 농 부 지 고 구 탐 투 손

終無十載安康하고 積善存仁이면
종 무 십 재 안 강 적 선 존 인

必有榮華後裔니라 福緣善慶은
필 유 영 화 후 예 복 연 선 경

多因積行而生이오 入聖超凡은
다 인 적 행 이 생 입 성 초 범

盡是眞實而得이니라
진 시 진 실 이 득

☞ 뜻풀이

고종 황제 어제에 이르기를 한 점의 불티도 능히 만경(아주 넓은 면적의 단위)의 섶을 태우고, 반 마디 그릇된 말이 평생의 덕을 허물어뜨린다. 몸에 한 오라기의 실을 걸쳐도 항상 베 짜는 여자의 수고로움을 생각하고, 하루 세 끼니의 밥을 먹거든 늘 농부의 힘드는 것을 생각하라. 구차하게 탐내고 시기해서 남에게 손해를 끼친다면 마침내 10년의 편안함도 없을 것이요, 선(善)을 쌓고 인(仁)을 보존하면 반드시 후손들에게 영화가 있으리라. 착함과 경사에 인연해서 복을 누림은 대부분이 선행을 쌓고 행함으로써 생기는 것이요, 범용(凡庸)을 초월해서 성인의 경지에 들어가는 것은 다 진실함으로써 얻어지는 것이니라.

☞ 의 미

복을 받기 위해서는 발을 조심하고 덕을 쌓고 시기하지 말고 선을 행하는 진실된 삶을 살라고 충고한 글이다.

薪(섶 신) 縷(실 루) 裔(후손 예)

王良이 曰 欲知其君인댄 先視其臣하고
왕 량 왈 욕 지 기 군 선 시 기 신

欲識其人인대 先視其友하고 欲知其父인댄
욕 식 기 인 선 시 기 우 욕 지 기 부

先視其子하고 君聖臣忠하고
선 지 기 자 군 성 신 충

父慈子孝니라
부 자 자 효

☞ 뜻풀이

왕량이 말하기를, 그 임금을 알려고 한다면 먼저 그 신하를 보고, 그 사람을 알려고 한다면 먼저 그 친구를 보고, 그 아비를 알려고 한다면 먼저 그 자식을 보라. 임금이 거룩하면 그 신하가 충성스럽고, 아비가 인자(仁慈)하면 자식이 효행하느니라.

☞ 의 미

자신이 똑바로 서면 자신을 따르는 사람이 올바른 사람들만 모인다.

浴(목욕할 욕) 識(알 식) 視(볼 시)

家語에 云하되 水至清則無魚하고
가 어 운 수 지 청 즉 무 어

人至察則無徒니라
인 지 찰 즉 무 도

☞ 뜻풀이

가어에 이르기를 물이 너무 맑으면 고기가 없고, 사람이 너무 살피면 친구가 없느니라.

☞ 의 미

사람이 옳고 그름을 너무 따지면 친구가 없다.

則(곧 즉) 淸(맑을 청) 察(살필 찰) 魚(물고기 어)

許敬宗이 曰 春雨如膏나 行人은
허경종 왈 춘우여고 행인

惡其泥濘하고 秋月揚輝나 盜者는
오기이녕 추월양휘 도자

憎其照鑑이니라
증기조감

☞ 뜻풀이

허경종이 말하기를, 봄비는 기름과 같으나 길가는 사람은 그 진창을 싫어하고, 가을 달이 빛을 밝게 비추지만 도둑은 그 밝게 비치는 것을 싫어하느니라.

☞ 의 미

사람의 이기적인 측면을 나타낸 것이다.

膏(기름 고) 惡(미워할 오) 憎(미워할 증) 鑑(거울 감)

景行錄에 云하되 大丈夫는 見善明故로
경행록 운 대장부 견선명고

重名節於泰山하고 用心剛故로
중명절어태산 용심강고

輕死生於鴻毛니라
경사생어홍모

☞ 뜻풀이

경행록에 이르기를 대장부는 착한 것을 보는 것이 밝으므로 명분과 절의(節義)를 태산보다 중하게 여기고, 마음 쓰기가 굳세기 때문에 죽는 것과 사는 것을 기러기털보다 가볍게 여기느니라.

☞ 의 미

대장부는 정의에 죽고 불의에 산다는 기백을 나타낸 글이다.

於(어조사 어) 剛(굳셀 강) 鴻(기러기 홍)

憫人之凶하고 樂人之善하며
민 인 지 흉 낙 인 지 선

濟人之急하고 救人之危니라
제 인 지 급 구 인 지 위

☞ 뜻풀이

남의 흉한 것을 민망히 여기고, 남의 착한 것을 즐겁게 여기며, 남의 급한 것을 건져 주고, 남의 위태함을 구하여 주어야 되느니라.

☞ 의 미

사람은 남이 어려움에 처했을 때 마땅히 도움을 주어야 한다.

憫(민망할 민) 凶(흉할 흉) 濟(건널 제) 救(구원할 구)

經目之事도 恐未皆眞이어늘
경 목 지 사 공 미 개 진

背後之言을 豈足深信이리오
배 후 지 언 기 족 심 신

☞ 뜻풀이

직접 보고 경험한 일도 모두 참되지 아니할까 두렵거늘, 등뒤에서 하는 말을 어찌 족히 깊이 믿으리오.

☞ 의 미

남의 말만 듣고 그대로 믿는 것은 어리석다.

恐(두려울 공) 豈(어찌 기) 背(등 배)

不恨自家汲繩短하고 只恨他家苦井深이로다
불 한 자 가 급 승 단 지 한 타 가 고 정 심

☞ 뜻풀이

자기 집 두레박 줄이 짧은 것은 한탄하지 않고, 다만 남의 집 우물이 깊어서 고생하는 것만 원망하는도다.

☞ 의 미

자신의 잘못보다는 남의 잘못을 탓하는 행위를 비판한 글이다.

只(다만 지) 繩(노 승) 深(깊을 심)

贓濫이 滿天下하되 罪拘薄福人이니라
장 람 만 천 하 죄 구 박 복 인

☞ 뜻풀이

뇌물을 받고 부정을 저지르는 자가 천하에 가득하되, 죄를 지어도 복이 없는 사람만 잡힌다.

☞ 의 미

똑같이 부정을 저질러도 재수가 있고 없고에 따라서 벌을 받는다.

贓(장물 장) 拘(거리낄 구)

天若改常이면 不風卽雨요
천 약 개 상 불 풍 즉 우

人若改常이면 不病卽死니라
인 약 개 상 불 병 즉 사

☞ 뜻풀이

하늘이 만약 상도(常道)를 고치면 바람이 불지 않고서 곧 비가 올 것이요, 사람이 만약 상도를 벗어나면 앓지 않고서 곧 죽게 될 것이니라.

☞ 의 미

사람이 정도를 벗어난 일을 하면 재앙을 받는다.

風(바람 풍) 雨(비 우) 病(병들 병)

壯元詩에 云하되 國正天心順이오
장 원 시 운 국 정 천 심 순

官淸民自安이라 妻賢夫禍少요
관 청 민 자 안　처 현 부 화 소

子孝父心寬이니라
자 효 부 심 관

☞ 뜻풀이

과거에서 장원한 시에 이르기를, 나라가 바르면 하늘의 마음도 순하고, 벼슬아치가 청백하면 백성이 저절로 편안해지느니라. 아내가 어질면 남편의 화가 적을 것이요, 자식이 효도하면 아버지의 마음이 너그러워지느니라.

☞ 의 미

벼슬아치는 청렴하고, 아내는 어질고, 자식은 효성이 있어야 된다는 것을 강조한 글이다.

禍(재앙 화) 寬(너그러울 관)

子曰 木從繩則直하고 人受諫則聖이니라
자 왈　목 종 승 즉 직　인 수 간 즉 성

☞ 뜻풀이

공자가 말씀하시기를, 나무가 먹줄을 좇으면 곧고, 사람이 충고를 받아들이면 거룩하게 되느니라.

☞ 의 미

남의 충고를 받아들이면 자신에게 발전이 있다.

繩(새끼줄 승) 直(곧을 직) 受(받을 수)

一派靑山景色幽러니 前人田土後人收라
일 파 청 산 경 색 유　전 인 전 토 후 인 수

後人收得莫歡喜하라 更有收人在後頭니라
후 인 수 득 막 환 희　갱 유 수 인 재 후 두

☞ 뜻풀이

한 줄기 푸른 산은 경치가 그윽한데 앞사람의 땅을 뒷사람이 거두는구나. 뒷사람은 거두는 것을 기뻐하지 말라. 다시 또 거둘 사람이 뒤에 있느니라.

☞ 의 미

재물이란 돌고 도는 임자가 없는 것이다.

幽(그윽할 유) 有(있을 유) 歡(기쁠 환) 喜(기쁠 희)

蘇東坡曰 無故而得千金이면
소 동 파 왈 무 고 이 득 천 금

不有大福이라 必有大禍이니라
불 유 대 복 필 유 대 화

☞ 뜻풀이

소동파가 말하기를, 아무런 까닭 없이 천금을 얻는 것은 큰 복이 있는 것이 아니라, 반드시 큰 재앙이 있을 것이니라.

☞ 의 미

노력에 의해서 재물을 얻어야 복을 누린다.

康節邵先生이 曰 有人이 來問卜하되
강 절 소 선 생 왈 유 인 내 문 복

如何是禍福고 我虧人是禍요
여 하 시 화 복 아 휴 인 시 화

人虧我是福이니라
인 휴 아 시 복

☞ 뜻풀이

강절소 선생이 말하기를, 어떤 사람이 와서 길흉 화복의 판단을 묻되, '어떤 것이 바로 화와 복입니까? 하기에, '내가 남을 해롭게 하면 이것이 화(禍)요, 남이 나를 해롭게 하면 이것이 복(福)이니라.' 고 했다.

☞ 의 미

복이란 남을 이롭게 하는 것이다.

邵(성 소) 卜(점 복)

大廈千間이라도 夜臥八尺이오
대 하 천 간 야 와 팔 척

良田萬頃이라도 日食二升이니라
양 전 만 경 일 식 이 승

☞ 뜻풀이

큰 집이 천간이라도 밤에 잠자리에 드는 곳은 여덟 자뿐이요, 좋은 밭이 만경이 있더라도 하루에 먹는 것은 두 되뿐이니라.

☞ 의 미

사람이 쓰는 재물은 한정되어 있으니, 재물을 탐하여 모든 노력을 기울이는 것은 어리석은 짓이니라.

廈(큰 하) 臥(누울 와) 升(되 승) 頃(백이랑 경)

久住令人賤이오 頻來親也疎라
구 주 영 인 천 빈 래 친 야 소

但看三五日에 相見不如初라
단 간 삼 오 일 상 견 불 여 초

☞ 뜻풀이

오래 머물러 있으면 사람으로 하여금 천하게 여기게 하고, 자주 오면 친하던 것도 소원해지느니라. 오직 사흘이나 닷새 만에 보는데도, 서로 보는 것이 처음과 같지 않느니라.

☞ 의 미

친한 사이일수록 예의를 다해야 한다.

疎(성길 소) 賤(천할 천) 頻(자주 빈) 但(다만 단)

渴時一滴은 如甘露요
갈 시 일 적 여 감 로

醉後添盃는 不如無니라
취 후 첨 배 불 여 무

☞ 뜻풀이

목이 마를 때 한 방울의 물은 단 이슬과 같고, 취한 후에 잔을 더하는 것은 없는 것만 같지 못하느니라.

☞ 의 미

술은 알맞게 마실 때가 가장 좋다는 것을 이르는 말이다.

渴(목마를 갈) 滴(방울 적) 露(이슬 로) 盃(잔 배)

酒不醉人人自醉요 色不迷人人自迷니라
주 불 취 인 인 자 취 색 불 미 인 인 자 미

☞ 뜻풀이

술이 사람을 취하게 하는 것이 아니라, 사람이 스스로 취하는 것이요, 색(色)이 사람을 미혹(迷惑)시키는 것이 아니라, 사람이 스스로 미혹하는 것이니라.

☞ 의 미

술과 여색을 조심하라고 경계한 글이다.

醉(취할 취) 迷(미혹할 미) 色(빛 색)

公心을 若比私心이면 何事不辨이며
공 심 약 비 사 심 하 사 불 변

道念을 若同情念이면 成佛多時니라
도 념 약 동 정 념 성 불 다 시

☞ 뜻풀이

공(公)을 위하는 마음이 만약 사(私)를 위하는 마음에 비할 수 있다면

무슨 일이든지 옳고 그름을 가려내지 못할 것이 없으며, 도(道)를 향하는 마음이 만약 감정에서 생기는 사념과 같다면 성불(成佛)한 지도 이미 오래일 것이니라.

☞ 의 미

사적인 일보다 공적인 일을 더 중요하게 여겨라.

辨(분별할 변) 比(따를 비) 若(만약 약)

濂溪先生曰 巧者言하고 拙者默하며
염 계 선 생 왈 교 자 언 졸 자 묵

巧者勞하고 拙者逸하며 巧者賊하고
교 자 로 졸 자 일 교 자 적

拙者德하며 巧者凶하고 拙者吉하나니
졸 자 덕 교 자 흉 졸 자 길

嗚呼라 天下拙이면 刑政이 撤하여
오 호 천 하 졸 형 정 철

上安下順하며 風淸弊絶이니라
상 안 하 순 풍 청 폐 절

☞ 뜻풀이

염계 선생이 말하기를, 인생의 순수성을 벗어나서 꾀를 부리는 사람은 말을 잘하고 재주와 꾀는 없으나 인생의 순수성을 지닌 사람은 말이 없으며, 교자는 수고로우나 졸자는 한가하며, 교자는 해치나 졸자는 덕성(德性)스러우며, 교자는 흉하고 졸자는 길하나니, 아아! 천하가 졸하면 형정(刑政)이 폐해져서 윗사람은 편안하고 아랫사람은 순하며, 풍속이 맑아지고 나쁜 습관은 없어지느니라.

☞ 의 미

사람들이 순수하게 산다면 세상이 편안하고 밝을 것이다.

逸(편안할 일) 賊(도적 적) 撤(걷을 철) 弊(폐단 폐) 凶(흉할 흉)

易에 曰 德微而位尊하고
역 왈 덕미이위존

智小而謀大면 無禍者鮮矣니라
지소이모대 무화자선의

☞ 뜻풀이

주역에 이르기를, 덕이 적으면서 지위가 높고, 지혜 없으면서 꾀하는 것이 크다면, 재앙이 없는 자가 드물 것이니라.

☞ 의 미

자신의 실력을 벗어나 분수에 지나친 일을 꾀한다면 화를 당한다.

謀(꾀할 모) 微(곰팡이 미) 鮮(드물 선, 고울 선)

說苑에 曰 官怠於宦成하고 病加於小愈하며
설원 왈 관태어환성 병가어소유

禍生於懈怠하고 孝衰於妻子이니
화생어해타 효쇠어처자

察此四者하여 愼終如始니라
찰차사자 신종여시

☞ 뜻풀이

설원에 이르기를, 벼슬하는 사람은 벼슬이 이루어지는데서 게을러지고, 병은 조금 낫는 데서 더해지며, 재앙은 게으른 데서 생기고, 효도는 처자에게서 쇠하여지나니, 이 네 가지를 살펴서 끝까지 삼가기를 처음과 같이 할지니라.

☞ 의 미

지금의 처지가 옛날보다 좋아졌다고 해서 처신을 소홀히 해서는 안된다는 뜻이다.

宦(벼슬 환) 愈(나을 유) 懈(게으를 해) 惰(게으를 타) 愼(삼갈 신)

器滿則溢하고 人滿則喪이니라
기 만 즉 일　　인 만 즉 상

☞ 뜻풀이

그릇은 차면 넘치고, 사람은 넉넉하면 잃게 되느니라.

☞ 의 미

몸이 높아질수록 겸손함을 잃지 말아라.

溢(넘을 일) 喪(잃을 상, 초상 상)

尺璧非寶요 寸陰是競이니라
척 벽 비 보　　촌 음 시 경

☞ 뜻풀이

한 자나 되는 구슬이 보배가 아니요, 아주 작은 시간이라도 이를 귀중하게 여겨 다툴지니라.

☞ 의 미

시간의 귀중함을 깨우쳐 주는 글이다.

璧(구슬 벽) 競(다툴 경)

羊羹이 雖美나 衆口를 難調니라
양 갱　수 미　중 구　난 조

☞ 뜻풀이

양고기 국이 비록 맛이 좋으나 여러 사람의 입을 고루 맞추기는 어려우니라.

☞ 의 미

모든 사람을 다 좋게 할 수는 없다는 뜻이다.

羹(국 갱) 難(어려울 난)

益智書에 云하되 白玉은 投於泥塗라도
익 지 서　운　백 옥　투 어 이 도

不能汚穢其色이오 君子는 行於濁地라도
불 능 오 예 기 색 　 군 자 　 행 어 탁 지

不能染亂其心하나니 故로 松栢은
불 능 염 란 기 심 　 고 　 송 백

可以耐雪霜이오 明智는 可以涉危難이니라
가 이 내 설 상 　 명 지 　 가 이 섭 위 난

☞ 뜻풀이

익지서에 이르기를, 흰 옥(玉)은 진흙 속에 던져도 그 빛을 더럽힐 수 없고, 군자는 혼탁한 곳에 갈지라도 그 마음을 물들이어 어지럽힐 수 없나니, 그러므로 소나무와 잣나무는 서리와 눈을 견디어 내고, 밝은 지혜는 위태로움과 어려움을 건너게 되느니라.

☞ 의 미

군자는 의리에 밝고 슬기로워야 한다.

涉(건널 섭) 泥(진흙 니) 塗(길 도) 濁(혼탁할 탁) 染(물들일 염)

入山擒虎는 易어니와 開口告人은 難이니라
입 산 금 호 　 이 　 개 구 고 인 　 난

☞ 뜻풀이

산에 들어가 범을 잡기는 쉬우나, 입을 열어 남에게 고하기는 어려우니라.

☞ 의 미

착한 일을 남에게 이르기는 어렵다.

易(쉬울 이) 擒(사로잡을 금)

遠水는 不救近火요 遠親은 不如近隣이니라
원 수 　 불 구 근 화 　 원 친 　 불 여 근 린

☞ 뜻풀이

먼 곳에 있는 물은 가까운 불을 끄지 못하고, 먼 곳의 일가 친척은 가까운 이웃만 못하느니라.

☞ 의 미

아무리 좋은 것이라도 먼 곳에 있으면 크게 소용이 없다.

救(구원할 구) 隣(이웃 린)

太公이 曰 日月이 雖明이나
태공 왈 일월 수명

不照覆盆之下하고 刀刃이 雖快나
부조복분지하 도인 수쾌

不斬無罪之人하고 非災橫禍는
불참무죄지인 비재횡화

不入愼家之門이니라
불입신가지문

☞ 뜻풀이

태공이 말하기를 해와 달이 비록 밝으나 엎어 놓은 동이의 밑은 비추지 못하고, 칼날이 비록 잘 드나 죄없는 사람은 베지 못하고, 받을 잘못이 없는 재앙이나 뜻하지 않은 화난은 조심하는 사람의 집 문에는 들지 못 하느니라.

☞ 의 미

항상 모든 일에 조심하면 재앙이 없다.

快(쾌할 쾌) 愼(삼갈 신) 斬(벨 참) 照(비출 조) 覆(엎어질 복) 快(빠를 쾌)

太公이 曰 良田萬頃이
태공 왈 양전만경

不如薄藝隨身이니라
불여박예수신

☞ 뜻풀이

태공이 말하기를, 좋은 밭 일만 경이 변변치 못한 재주를 몸에 지닌 것만 같지 못하느니라.

☞ 의 미

재물을 지니는 것보다 기술을 익혀 가지고 있으면 생활의 걱정은 없다.

隨(따를 수) 頃(이랑 경) 薄(얇을 박)

性理書에 云하되 接物之要는
성리서 운 접물지요

己所不欲을 勿施於人하고
기소불욕 물시어인

行有不得이어든 反求諸己니라
행유부득 반구제기

☞ 뜻풀이

성리서에 이르기를 사물을 접하는 요점은 자기가 하기 싫어하는 것을 남에게 베풀지 말고 행하여 얻지 못하는 것이 있거든 돌이켜 그 원인을 자신에게서 구하라.

☞ 의 미

일이 잘못 되었을 때 남을 탓하기에 앞서 먼저 자신을 되돌아 보아라.

接(접할 접) 施(베풀 시) 求(구할 구)

酒色財氣四堵墻에 多少賢愚在內廂이라
주색재기사도장 다소현우재내상

若有世人跳得出이면 便是神仙不死方이니라
약유세인도득출 변시신선불사방

☞ 뜻풀이

술과 색과 재물과 기운의 네 가지로 쌓은 담 안에 많은 어진 이와 어리석은 사람이 행랑에 들어 있다. 만약 세상 사람 중의 그 누가 이곳을 뛰쳐나올 수 있다면 이것이 곧 신선처럼 죽지않는 방법이니라.

☞ 의 미

사람들은 주색재기를 피하기 어려운데 그것을 벗어나면 인간답게 살 수 있다.

堵(담 도) 廂(월랑 상) 跳(뛸 도) 墻(담 장)

立 教 篇
입 교 편

子曰 立身有義而孝爲本이오
자 왈 입 신 유 의 이 효 위 본

喪祀有禮而哀爲本이오
상 사 유 례 이 애 위 본

戰陣有列而勇爲本이오
전 진 유 렬 이 용 위 본

治政有理而農爲本이오
치 정 유 리 이 농 위 본

居國有道而嗣爲本이오
거 국 유 도 이 사 위 본

生財有時而力爲本이니라
생 재 유 시 이 역 위 본

☞ 뜻풀이

공자가 말씀하시기를, 세상에 나가 출세함에 의(義)가 있으니 효도가 근본이 되고, 장사 지내는 일과 제사에 예(禮)가 있으니 슬퍼함이 근본이 되고, 싸움터에 서열이 있으니 용맹이 근본이 되고, 나라를 다스리는 데 이치가 있으니 농사가 근본이 되고, 나라를 유지하는 데 도리가 있으니 후사(後嗣)가 근본이 되고, 재물을 생산함에 시기가 있으니 노력이 근본이 되느니라.

☞ 의 미

효도가 세상 모든 일의 근본임을 깨우치는 글이다.

勇(날랠 용) 嗣(이을 사) 力(힘 력)

景行錄에 云 爲政之要는 曰公與淸이오
경 행 록 운 위 정 지 요 왈 공 여 청

成家之道는 曰儉與勤이니라
성 가 지 도 왈 검 여 근

☞ 뜻풀이

경행록에 이르기를, 정사를 다스리는 데 중요한 것은 공평과 청렴이요, 집을 일으키는 것은 검소함과 근면이니라.

☞ 의 미

정치에는 공정과 청렴이 있어야 하고, 집안을 일으키는데는 근면과 검소함이 있어야 한다.

儉(검소할 검) 勤(부지런할 근)

讀書는 起家之本이오 循理는
독 서 기 가 지 본 순 리

保家之本이오 勤儉은 治家之本이오
보 가 지 본 근 검 치 가 지 본

和順은 齊家之本이니라
화 순 제 가 지 본

☞ 뜻풀이

글을 읽는 것은 집을 일으키는 근본이요, 이치에 따르는 것은 집을 잘 보존하는 근본이요, 부지런하고 절약하는 것은 집을 잘 다스리는 근본이요, 화목하고 공손한 것은 집안을 가지런히 하는 근본이니라.

☞ 의 미

글을 읽고 이치에 따르고 부지런함의 중요성을 일깨우는 글이다.

起(일어날 기) 循(따를 순) 齊(가지런할 제)

孔子三計圖에 云 一生之計는
공자삼계도 운 일생지계

在於幼하고 一年之計는 在於春하고
재어유 일년지계 재어춘

一日之計는 在於寅이니 幼而不學이면
일일지계 재어인 유이불학

老無所知요 春若不耕이면 秋無所望이오
노무소지 춘약불경 추무소망

寅若不起면 日無所辦이니라
인약불기 일무소판

☞ 뜻풀이

공자의 삼계도에 이르기를, 일생의 계획은 어릴 때에 있고, 일년의 계획은 봄에 있고, 하루의 계획은 새벽에 있으니, 어려서 배우지 않으면 늙어서 아는 것이 없고, 봄에 만약 밭 갈지 않으면 가을에 바랄 것이 없으며, 새벽에 만약 일어나지 않으면 그날에 힘써 일할 바가 없어지느니라.

☞ 의 미

계획의 중요성을 일깨우는 글이다.

寅(범 인) 耕(밭갈 경)

性理書에 云 五教之目은 父子有親하며
성리서 운 오교지목 부자유친

君臣有義하며 夫婦有別하며
군신유의 부부유별

長幼有序하며 朋友有信이니라
장유유서 붕우유신

☞ 뜻풀이

성리서에 이르기를, 다섯 가지 가르침의 항목은, 아버지와 자식 사이에는 서로 친함이 있어야 하며, 임금과 신하 사이에는 의가 있어야 하며, 남편과 아내 사이에는 분별이 있어야 하며, 어른과 어린이 사이에는 차례가 있어야 하며, 친구 사이에는 믿음이 있어야 하는 것이니라.

☞ 의 미

오륜(五倫)을 설명한 글이다.

三綱은 君爲臣綱하고 父爲子綱하고
삼 강 군 위 신 강 부 위 자 강

夫爲婦綱이니라
부 위 부 강

☞ 뜻풀이

삼강(三綱)이라는 것은, 임금은 신하의 벼리가 되고, 아버지는 자식의 벼리가 되며, 남편은 아내의 벼리가 되는 것이니라.

☞ 의 미

삼강이 바로서면, 가정이나 사회가 바로선다.

綱(벼리 강)

王蠋이 曰 忠臣은 不事二君이오
왕 촉 왈 충 신 불 사 이 군

烈女는 不更二夫니라
열 녀 불 경 이 부

☞ 뜻풀이

왕촉이 말하기를, 충신은 두 임금을 섬기지 않고 열녀(烈女)는 두 지아비를 바꾸어 섬기지 않느니라.

☞ 의 미

군신과 부부의 윤리관을 나타낸 글이다.

忠子曰 治官엔 莫若平이오
충 자 왈 치 관 막 약 평

臨財엔 莫若廉이니라
임 재 막 약 렴

☞ 뜻풀이

충자가 말하기를, 벼슬아치를 다스림에는 공평함만 같음이 없고, 재물을 대함에는 청렴함만 같음이 없느니라.

☞ 의 미

관리의 청렴함을 강조한 글이다.

臨(임할 임) 廉(청렴할 렴)

張思叔座右銘에 曰 凡語를 必忠信하며
장 사 숙 좌 우 명 왈 범 어 필 충 신

凡行을 必篤敬하며 飮食을 必愼節하며
범 행 필 독 경 음 식 필 신 절

字劃을 必楷正하며 容貌를 必端莊하며
자 획 필 해 정 용 모 필 단 장

衣冠을 必整肅하며 步履를 必安詳하며
의 관 필 정 숙 보 리 필 안 상

居處를 必正靜하며 作事를 必謀始하며
거 처 필 정 정 작 사 필 모 시

出言을 必顧行하며 常德을 必固持하며
출 언 필 고 행 상 덕 필 고 지

然諾을 必重應하며 見善如己出하며
연낙 필중응 견선여기출

見惡如己病하라 凡此十四者는
견악여기병 범차십사자

皆我未深省이라 書此當座右하여
개아미심성 서차당좌우

朝夕視爲警하노라
조석시위경

☞ 뜻풀이

장사숙 좌우명에 이르기를, 무릇 말은 반드시 충성되고 믿음이 있어야 되며, 무릇 행실은 반드시 돈독하고 공손히 하며, 음식은 반드시 삼가고 알맞게 하며, 글씨는 반드시 똑똑하고 바르게 쓰며, 용모는 반드시 단정하고 씩씩하게 하며, 의관은 반드시 반듯하고 엄숙하게 하며, 걸음걸이는 반드시 찬찬하고 자상히 하며, 거처하는 곳은 반드시 바르고 정숙하게 하며, 일하는 것은 반드시 계획을 세워 시작하며, 말을 할 때는 반드시 그 실행여부를 돌아보고 하며, 평상(平常)의 덕을 반드시 굳게 가지며, 일을 허락하는 것은 반드시 신중히 생각해서 응하며, 선(善)을 보거든 자기에게서 나온 것같이 하며, 악(惡)을 보거든 자기의 병인 것같이 하라. 무릇 이 열네가지는 모두 내가 아직 깊이 살피지 못한 것이다. 이를 마땅히 자리의 오른편에 써 붙여 놓고 아침저녁으로 보고 경계로 삼고자 하노라.

☞ 의 미

자신의 언행을 조심하는 열 네가지의 좌우명을 장사숙이란 학자가 말한 것이다.

凡(무릇 범) 篤(돈독할 독) 整(반듯할 정) 顧(돌아볼 고) 警(경계할 경)

范益謙座右銘에 曰 一不言朝廷利
범익겸좌우명 왈 일불언조정이

害邊報差除요 二不言州縣官員長短
해변보차제 이불언주현관원장단

得失이오 三不言衆人所作過惡之事요
득실 삼불언중인소작과악지사

四不言仕進官職趨時附勢요 五不言
사불언사진관직추시부세 오불언

財利多少厭貧求富요 六不言淫媟
재리다소염빈구부 육불언음설

戲慢評論女色이오 七不言求覓人物干
희만평론여색 칠불언구멱인물간

索酒食이오 又人付書信을 不可開坼沈
색주식 우인부서신 불가개탁침

滯요 與人竝坐에 不可窺人私書요 凡
체 여인병좌 불가규인사서 범

入人家에 不可看人文字요 凡借人物에
입인가 불가간인문자 범차인물

不可損壞不還이오 凡喫飮食에 不可揀
불가손괴불환 범끽음식 불가간

擇去取요 與人同處에 不可自擇便利요
택거취 여인동처 불가자택편리

凡人富貴를 不可歎羨詆毁니 凡此數事에
범인부귀 불가탄선저훼 범차수사

有犯之者면 足以見用心之不正이라
유 범 지 자 족 이 견 용 심 지 부 정

於正心修身에 大有所害라
어 정 심 수 신 대 유 소 해

因書以自警하노라
인 서 이 자 경

☞ 뜻풀이

범익겸 좌우명에 말하기를, 첫째 조정에서의 이해와 변방으로부터의 보고와 관직의 임명에 대하여 말하지 말고, 둘째 주현(州縣)의 관원의 장단과 득길에 대하여 말하지 말고, 셋째 여러 사람이 저지른 악한 일을 말하지 말고, 넷째 벼슬에 나가는 것과 기회를 따라 권세에 아부하는 일에 대하여 말하지 말고, 다섯째 재리의 많고 적음이나 가난을 싫어하고 부를 구하는 것을 말하지 말고, 여섯째 음탕하고 난잡한 농지거리나 여색에 대한 평론을 말하지 말고, 일곱째 남의 물건을 탐내거나 주식을 토색하는 것을 말하지 말지어다. 그리고, 남이 부치는 편지를 뜯어 보거나 지체시켜서는 안 되며, 남과 같이 앉아 있으면서 남의 사사로운 글을 엿보아서는 안 되며, 무릇 남의 집에 들어감에 남이 만든 글을 보지 말며, 무릇 남의 물건을 빌렸을 때 이것을 손상시키고 돌려보내지 않아선 안 되며, 무릇 음식을 먹음에 가려서 취하지 말며, 남과 같이 있으면서 스스로의 편리만을 가리어 취하지 말며, 무릇 남의 부하고 귀한 것을 보고 한탄하거나 부러워하거나 헐뜯지 말 것이니, 무릇 이 몇 가지 일을 범하는 자가 있으면 넉넉히 그 마음 쓰는 것의 바르지 않음을 알 수 있다. 마음을 바르게 하고 몸을 닦는 데 크게 해되는 바가 있는지라, 이로 인하여 이 글을 써서 스스로 경계하노라.

☞ 의 미

범익겸이란 사람의 좌우명으로 사람이 처세하는데 주의해야할 열 네가지를 열거하여 강조하고 있다.

喫(먹을 끽) 進(나아갈 진) 趨(추창할 추) 厭(싫을 염) 淫(음탕할 음)
窺(엿볼 규) 羨(부러울 선) 毁(헐 훼)

武王이 問太公曰 人居世上에
무왕 문태공왈 인거세상

何得貴賤貧富不等고 願聞說之하여
하득귀천빈부부등 원문설지

欲知是矣로다 太公이 曰 富貴는
욕지시의 태공 왈 부귀

如聖人之德하여 皆由天命이어니와 富者는
여성인지덕 개유천명 부자

用之有節하고 不富者는 家有十盜니이다
용지유절 불부자 가유십도

☞ 뜻풀이

무왕이 태공에게 물어 말하기를, "사람이 세상에 사는 데 어찌하여 귀천과 빈부가 고르지 못함이 있습니까? 원컨대 설명을 들어서 이를 알고자 합니다." 하니, 태공이 말하기를, "부귀는 성인의 덕과 같아서 다 하늘의 뜻에 말미암거니와, 부자는 쓰는 것이 절도(節度)가 있고 부하지 못한 자는 집에 열 가지 도둑이 있나이다."라고 하였다.

☞ 의 미

사람의 부귀는 하늘의 뜻에 있는 것이다.

願(원할 원) 盜(도둑 도) 聞(들을 문)

武王이 曰 何謂十盜니잇고 太公이 曰
무왕 왈 하위십도 태공 왈

時熟不收爲一盜요 收積不了爲二盜요
시숙불수위일도 수적불료위이도

無事燃燈寢睡爲三盜요 慵懶不耕爲
무 사 연 등 침 수 위 삼 도 용 나 불 경 위

四盜요 不施功力爲五盜요 專行巧害
사 도 불 시 공 력 위 오 도 전 행 교 해

爲六盜요 養女太多爲七盜요 晝眠懶
위 육 도 양 녀 태 다 위 칠 도 주 면 나

起爲八盜요 貪酒嗜慾爲九盜요 强行
기 위 팔 도 탐 주 기 욕 위 구 도 강 행

嫉妬爲十盜니이다
질 투 위 십 도

☞ 뜻풀이

무왕이 말하기를, "무엇을 십도(十盜)라고 합니까?" 하니, 태공이 대답하기를, "곡식이 제때에 익은 것을 거둬들이지 않는 것이 첫째의 도둑이요, 거두어 쌓는 것을 마치지 않는 것이 둘째의 도둑이요, 일 없이 등불을 켜 놓고 잠자는 것이 셋째의 도둑이요, 게을러서 밭 갈지 않는 것이 넷째의 도둑이요, 공력을 들이지 않는 것이 다섯째의 도둑이요, 오로지 교활하고 해로운 일만 행하는 것이 여섯째의 도둑이요, 딸들을 많이 낳아 기르는 것이 일곱째의 도둑이요, 낮잠 자고 일어나기를 게을리 하는 것이 여덟째의 도둑이요, 술을 탐하고 환락을 즐기는 것이 아홉째의 도둑이요, 심히 남을 시기하는 것이 열째의 도둑입니다."고 하였다.

☞ 의 미

태공이 무왕에게 열가지의 집안에 있는 도둑에 대해서 설명한 글이다.

熟(익을 숙) 積(쌓을 적) 寢(잠잘 침) 懶(게으를 나)

武王이 曰 家無十盜而不富者는
무 왕 왈 가 무 십 도 이 불 부 자

何如니잇고 太公이 曰 人家에 必有三耗니이다
하여 태공 왈 인가 필유삼모

武王이 曰 何名三耗니잇고 太公이 曰
무왕 왈 하명삼모 태공 왈

倉庫漏濫不蓋하여 鼠雀亂食이
창고누람불개 서작난식

爲一耗요 收種失時爲二耗요
위일모 수종실시위이모

抛撒米穀穢賤爲三耗니이다
포살미곡예천위삼모

☞ 뜻풀이

무왕이 말하기를, "집에 십도가 없고도 부유하지 못한 것은 어찌하여 그렇니까?" 하니, 태공이 말하기를, "그런 사람의 집에는 반드시 삼모가 있을 것입니다."라고 했다. 무왕이 말하기를, "무엇을 삼모라고 말합니까?"하니, 태공이 말하기를, "창고에 비가 새어 넘는데도 지붕을 덮지 않아서 쥐와 새들이 함부로 먹어대는 것이 첫째의 모(耗)요, 거두고 씨뿌림에 때를 놓치는 것이 둘째의 모요, 쌀과 곡식을 퍼 흩어 더럽히고 천하게 다루는 것이 셋째의 모입니다."고 하였다.

☞ 의 미

세가지 소모에 대해서 곧, 농사의 시기를 잃지 말것·창고관리를 잘할 것·곡식을 소중하게 다룰 것을 설명한 글이다.

蓋(덮을 개) 漏(샐 루) 抛(던질 포) 鼠(쥐 서) 穢(더럽힐 예)

武王이 曰 家無三耗而不富者는
무왕 왈 가무삼모이불부자

何如니잇고 太公이 曰 人家에
하여 태공 왈 인가

必有一錯二誤三痴四失五逆六不祥
필 유 일 착 이 오 삼 치 사 실 오 역 육 불 상

七奴八賤九愚十强하여
칠 노 팔 천 구 우 십 강

自招其禍요 非天降殃이니다
자 초 기 화　비 천 강 앙

☞ 뜻풀이

무왕이 말하기를, "집에 삼모도 없는데 부유하지 못한 것은 어찌하여 그렇니까?" 하니, 태공이 말하기를, "그런 사람의 집에는 반드시 첫째 그르침, 둘째 그릇됨, 셋째 미련함, 넷째 과실, 다섯째 거스름, 여섯째 상서롭지 못함, 일곱째 종의 행색, 여덟째 천함, 아홉째 어리석음, 열째 지나치게 강함이 있어서, 스스로 그 화를 부르는 것이요, 하늘이 내리는 재앙이 아닙니다."고 하였다.

☞ 의 미

집에 십도와 삼모도 없는데 가난한 것은 스스로 화를 부르는 열가지가 있음을 설명한 글이다.

錯(어긋날 착) 誤(그릇 오) 失(잃을 실) 逆(거스를 역) 奴(종 노)

賤(천할 천) 愚(어리석을 우) 强(강할 강)

武王이 曰 願悉聞之하나이다 太公이
무 왕　왈　원 실 문 지　태 공

曰 養男不教訓이 爲一錯이오 嬰孩不
왈　양 남 불 교 훈　위 일 착　영 해 불

訓이 爲二誤요 初迎新婦不行嚴訓이
훈　위 이 오　초 영 신 부 불 행 엄 훈

爲三痴요 未語先笑爲四失이오 不養父
위 삼 치　미 어 선 소 위 사 실　불 양 부

母爲五逆이오 夜起赤身이 爲六不祥이오
모위오역 야기적신 위육불상

好挽他弓이 爲七奴요 愛騎他馬爲八
호만타궁 위칠노 애기타마위팔

賤이오 喫他酒勸他人이 爲九愚요
천 끽타주권타인 위구우

喫他飯命朋友爲十强이니다 武王이 曰
끽타반명붕우위십강 무왕 왈

甚美誠哉라 是言也여
심미성재 시언야

☞ 뜻풀이

무왕이 말하기를, "이를 다 듣기를 원합니다."하니, 태공이 대답하기를, "아들을 기르며 가르치지 않는 것이 첫째의 그르침이요, 어린 아이를 훈도하지 않는 것이 둘째의 그릇됨이요, 신부를 처음 맞아들여서 엄하게 가르치지 않는 것이 셋째의 미련함이요, 말하기 전에 웃기부터 먼저 하는 것이 넷째의 과실이요, 부모를 봉양하지 않는 것이 다섯째의 거스름이요, 밤에 알몸으로 일어나는 것이 여섯째의 상서롭지 못함이요, 남의 활을 당기기를 좋아하는 것이 일곱째의 종의 성격이요, 남의 말을 타기를 좋아하는 것이 여덟째의 천함이요, 남의 술을 마시면서 다른 사람에게 권하는 것이 아홉째의 어리석음이요, 남의 밥을 먹으면서 벗에게 명령하는 것이 열째의 지나치게 강한 것입니다."고 하였다. 무왕이 말하기를, "심히 아름답고 진실되도다, 이 말씀이여."라고 하였다.

☞ 의 미

재앙을 불러오는 여러가지의 것을 경계하라는 글이다.

悉(다 실) 養(기를 양) 挽(당길 만) 騎(말탈 기)

治政篇
치정편

明道先生이 曰 一命之士
명도선생 왈 일명지사

苟存心於愛物이면 於人에 必有所濟니라
구존심어애물 어인 필유소제

☞ 뜻풀이

명도 선생이 말하기를, 처음으로 벼슬을 하는 선비가 진실로 물건(맡은 일)을 아끼고 사랑하는데 마음을 둔다면 남에게 반드시 쓰이는 바 있느니라.

☞ 의 미

관직에 있는 사람은 작은 물건이라도 아껴야 한다.

苟(진실로 구) 濟(건널 제)

唐太宗御製에 云하되 上有麾之하고
당태종어제 운 상유휘지

中有乘之하고 下有附之하여 幣帛衣之요
중유승지 하유부지 폐백의지

倉廩食之하니 爾俸爾祿이 民膏民脂니라
창름식지 이봉이록 민고민지

下民은 易虐이어니와 上蒼은 難欺니라
하민 이학 상창 난기

☞ 뜻풀이

당나라 태종이 지은 글에, 위에는 이를 지휘하는 이가 있고, 중간에는

이를 다스리는 관원이 있고, 아래에는 이에 따르는 백성이 있어서, 예물로서 받은 비단은 이를 옷 지어 입고, 곳간에 있는 곡식은 이를 먹으니, 너희의 봉록은 백성들의 기름인 것이다. 아래에 있는 백성은 학대하기가 쉽지만, 위에 있는 푸른 하늘은 속이기 어려우니라."

☞ 의 미

벼슬아치가 백성을 대하는 여러가지를 강조한 글이다.

麾(휘두를 휘) 乘(탈 승) 附(따를 부) 衣(옷 의) 俸(녹 봉) 膏(기름 고) 虐(학대할 학)

童蒙訓에 曰 當官之法에
동몽훈 왈 당관지법

唯有三事하니 曰清曰愼曰勤이라
유유삼사 왈청왈신왈근

知此三者면 知所以持身矣니라
지차삼자 지소이지신의

☞ 뜻풀이

동몽훈에 말하기를, 관리가 지켜야 할 법에는 오직 세 가지가 있으니, 말하자면 청렴과 신중과 근면이다. 이 세 가지를 알면 몸 가질 바를 안다고 할 것이니라.

☞ 의 미

벼슬아치는 신중, 청렴, 근면을 잠시도 잊어서는 안된다.

當官者는 必以暴怒爲戒하여 事有不可어든
당관자 필이폭노위계 사유불가

當詳處之면 必無不中이어니와 若先暴怒면
당상처지 필무부중 약선폭노

只能自害라 豈能害人이리오
지능자해 기능해인

☞ 뜻풀이

벼슬하는 사람은 반드시 심하게 성내는 것을 경계하여, 일에 옳지 않음이 있거든 마땅히 자상하게 이를 처리하면 반드시 맞아들어가지 않는 것이 없으려니와, 만약 성내기부터 먼저 한다면 오직 자신을 해롭게 할 뿐이라, 어찌 남을 해롭게 할 수 있겠는가.

☞ 의 미

관직에 있는 사람은 이성을 잃고 일을 처리해서는 안된다.

暴(사나울 폭) 豈(어찌 기)

事君을 如事親하며 事長官을 如事兄하며
사군 여사친 사장관 여사형

與同僚를 如家人하며 待群吏를 如奴僕하며
여동료 여가인 대군리 여노복

愛百姓을 如妻子하며 處官事를
애백성 여처자 처관사

如家事然後에 能盡吾之心이니
여가사연후 능진오지심

如有毫末不至면 皆吾心에 有所未盡也니라
여유호말부지 개오심 유소미진야

☞ 뜻풀이

임금 섬기기를 어버이 섬기는 것같이 하며, 윗 관리 섬기기를 형 섬기는 것같이 하며, 동료들과 화친하기를 자기 집 사람같이 하며, 여러 아전 대접하기를 종같이 하며, 백성 사랑하기를 처자(妻子)같이 하며, 나라 일 처리하기를 자기 집안 일처럼 하고 난 뒤에야 능히 내 마음을 다했다 할 것이니 만약 털끝만큼이라도 이르지 못함이 있으면 모두 내 마음에 다하지 못한 바가 있는 것이니라.

☞ 의 미

벼슬아치가 사람을 대하는 태도에 대하여 설명한 글이다.

如(만약 여 같을 여) 毫(터럭 호) 與(더불어 여 좋아할 여)

或이 問 簿는 佐令者也니 簿所欲爲를
혹 문 부 좌령자야 부소욕위

令或不從이면 奈何니잇고 伊川先生이
영혹부종 내하 이천선생

曰 當以誠意動之니라 今令與簿不和는
왈 당이성의동지 금영여부불화

便是爭私意요 令은 是邑之長이니
변시쟁사의 영 시읍지장

若能以事父兄之道로 事之하여
약능이사부형지도 사지

過則歸己하고 善則唯恐不歸於令하여
과즉귀기 선즉유공불귀어령

積此誠意면 豈有不動得人이리오
적차성의 기유부동득인

☞ 뜻풀이

어떤 사람이 묻기를, "부(簿)는 영(令)을 보좌하는 자이니, 부가 하고자 하는 바를 영이 혹시 따르지 않는다면 어떻게 합니까?" 하였다. 이천 선생이 대답하기를, "마땅히 성의로써 이를 감동시켜야 할 것이니라. 이제 영과 부가 화목하지 않은 것은 곧 사사로운 생각으로 다투는 것이고, 영은 고을의 장이니, 만약 능히 부형을 섬기는 도리로 이를 섬겨서, 잘못이 있으면 자기에게로 돌리고, 잘한 것은 영에게로 돌아가지 않을 것을 오직 두려워해서, 이와 같은 성의를 쌓는다면 어찌 사람을 감동시키지 못함이 있으리요."라 하였다.

☞ 의 미

아랫 사람에게는 양보하고 윗사람은 받들어 모시면 모든 것이 원활하게 된다.

或(혹 혹) 動(움직일 동) 從(따를 종) 恐(두려울 공)

劉安禮가 問臨民한대 明道先生이
유 안 례 문 임 민 명 도 선 생

曰 使民으로 各得輸其情이니라 問御吏한대
왈 사 민 각 득 수 기 정 문 어 리

曰 正己以格物이니라
왈 정 기 이 격 물

☞ 뜻풀이

유안례가 백성을 다스리는 도리를 물으니 명도 선생이 말하기를, "백성으로 하여금 각각 그들의 생각하는 바를 아뢸 수 있게 하는 것이니라." 하였다. 아전을 거느리는 도리를 물으니 말하기를, "자기를 바르게 함으로써 남을 바르게 할지니라."고 하였다.

☞ 의 미

먼저 자신이 올바르면 아랫사람을 다스리기가 쉽다.

輸(손쓸 수) 格(바로잡을 격) 得(얻을 득)

治家篇
치 가 편

司馬溫公曰 凡諸卑幼는 事無大小이
사마온공왈 범제비유 사무대소

毋得專行하고 必咨稟於家長이니라
무득전행 필자품어가장

☞ 뜻풀이

사마온공이 말하기를, 무릇 모든 아랫사람들은 일의 크고 작음이 없이 제멋대로 행동하지 말고, 반드시 집안 어른께 여쭈어 보고서 해야 하느니라.

☞ 의 미

나이가 어린 사람이 일을 할때는 어른께 상의해서 하라.

凡(무릇 범) 咨(물을 자) 稟(품할 품)

待客은 不得不豊이오 治家는 不得不儉이니라
손객 부득불풍 치가 부득불검

☞ 뜻풀이

손님 접대는 풍성하게 하지 않을 수 없고, 집안 다스림 곧 살림살이는 검소하게 하지 않을 수 없느니라.

☞ 의 미

집안 살림은 알뜰하게 해야하고 손님 대접은 정성을 다하여 해야 한다.

豊(풍년 풍) 儉(검소할 검)

太公이 曰 痴人은 畏婦하고 賢女는 敬夫니라
태공 왈 치인 외부 현녀 경부

☞ 뜻풀이

태공이 말하기를, 어리석은 사람은 아내를 두려워하고 어진 여자는 남편을 공경하느니라.

☞ 의 미

아내에게 인정을 못받으면 아내가 두려운 것이다.

畏(두려울 외) 痴(어리석을 치) 敬(공경할 경)

凡使奴僕에 先念飢寒이니라
범 사 노 복 선 념 기 한

☞ 뜻풀이

무릇 종을 부리는 데는 먼저 그들의 배고프고 추움을 생각할지니라.

☞ 의 미

자신이 데리고 부릴려면 먼저 그들의 의식주를 해결해 주어야 한다.

使(하여금 사) 飢(굶주릴 기)

子孝雙親樂이오 家和萬事成이니라
자 효 쌍 친 락 가 화 만 사 성

☞ 뜻풀이

자식이 효도하면 부모가 즐겁고, 집안이 화목하면 만사가 이루어지느니라.

☞ 의 미

효도와 화목은 제일의 덕목이다.

時時防火發하고 夜夜備賊來니라
시 시 방 화 발 야 야 비 적 래

☞ 뜻풀이

때때로 불이 나는 것을 막고, 밤마다 도적이 드는 것을 막을지니라.

☞ 의 미

재산을 지킬려면 불과 도적을 미리 예방해야 한다.

防(막을 방) 賊(도적 적)

景行錄에 云 觀朝夕之早晏하여
경 행 록 운 관 조 석 지 조 안

可以卜人家之興替니라
가 이 복 인 가 지 흥 체

☞ 뜻풀이

경행록에 이르기를, 아침과 저녁(밥)의 이름과 늦음을 보고서 그 사람의 집의 흥함과 쇠함을 점칠 수 있느니라.

☞ 의 미

부지런하면 집안에 번영이 있다.

卜(점 복) 晏(늦을 안) 朝(아침 조)

文仲子曰 婚娶而論財는 夷虜之道也니라
문 중 자 왈 혼 취 이 논 재 이 로 지 도 야

☞ 뜻풀이

문중자가 말하기를, 시집가고 장가드는데 재물을 논하는 것은 오랑캐의 일이니라.

☞ 의 미

혼인은 재물보다 사람됨을 보아야 한다.

婚(혼인 혼) 娶(장가들 취) 夷(오랑캐 이)

安義篇
안 의 편

莊子曰 兄弟는 爲手足이오 夫婦는
장자왈 형제 위수족 부부

爲衣服이니 衣服破時엔 更得新이어니와
위의복 의복파시 갱득신

手足斷時엔 難可續이니라
수족단시 난가속

☞ 뜻풀이

장자가 말하기를, 형제는 수족과 같고 부부는 의복과 같으니, 의복이 찢어졌을 때는 다시 새것을 입을 수 있거니와 수족이 끊어졌을 때는 잇기가 어려우니라.

☞ 의 미

부부와 형제를 소중하게 여기라는 의미이다.

續(이을 속) 破(깨뜨릴 파)

蘇東坡 云하되 富不親兮貧不疎는
소동파 운 부불친혜빈불소

此是人間大丈夫요 富則進兮貧則退는
차시인간대장부 부즉진혜빈즉퇴

此是人間眞小輩니라
차시인간진소배

☞ 뜻풀이

소동파가 이르기를, 부유하다고 친하지 않으며 가난하다고 멀리하지 않음은 이것이 바로 세상의 대장부라 할 것이요, 부유하면 나아가고 가난하면 물러남은 이는 곧 세상의 진짜 소인배이니라.

☞ 의 미

대장부와 소인배를 나누는 기준을 설명한 글.

兮(어조사 혜) 是(이 시) 輩(무리 배)

顔氏家訓에 曰 夫有人民而後에
안 씨 가 훈 왈 부 유 인 민 이 후

有夫婦하고 有夫婦而後에 有父子하고
유 부 부 유 부 부 이 후 유 부 자

有父子而後에 有兄弟하니 一家之親은
유 부 자 이 후 유 형 제 일 가 지 친

此三者而已矣라 自茲以往으로
차 삼 자 이 이 의 자 자 이 왕

至于九族히 皆本於三親焉이라
지 우 구 족 개 본 어 삼 친 언

故로 於人倫에 爲重也니 不可不篤이니라
고 어 인 륜 위 중 야 불 가 부 독

☞ 뜻풀이

안씨 가훈에 말하기를, 대저 백성이 있은 후에 부부가 있고, 부부가 있는 후에 부자가 있고, 부자가 있은 후에 형제가 있나니, 한 집안 겨레는 이 세 가지뿐이니라. 이에서부터 나아가 구족(九族)에 이르기까지는 모두 삼친(三親)에 근본을 둔다. 그러므로 인륜에 있어서 가장 중요한 것이니 돈독하게 아니 하지 못할지니라.

遵禮篇
준 례 편

子曰 居家有禮故로 長幼辨하고
자왈 거가유례고 장유변

閨門有禮故로 三族和하고 朝廷有禮故로
규문유례고 삼족화 조정유례고

官爵序하고 田獵有禮故로 戎事閑하고
관작서 전렵유례고 융사한

軍旅有禮故로 武功成이니라
군려유례고 무공성

☞ 뜻풀이

공자가 말씀하시기를, 집안에 거처하면서 예가 있기 때문에 어른과 어린이의 분별이 있고, 규문에 예가 있기 때문에 부부·부자·형제 곧 삼족이 화목하고, 조정에 예가 있기 때문에 벼슬의 차례가 있고, 사냥하는 데 예가 있기 때문에 군사일이 숙달되고, 군대에 예가 있기 때문에 무공이 이루어지느니라.

☞ 의 미

예의가 바로서야 가정과 나라가 발전할 수 있다.

辨(분별할 변) 閨(규문 규) 戎(군사 융)

子曰 君子가 有勇而無禮면 爲亂하고
자왈 군자 유용이무례 위란

小人이 有勇而無禮면 爲盜니라
소인 유용이무례 위도

☞ 뜻풀이

공자가 말씀하시기를, 군자가 용맹만 있고 예가 없으면 세상을 어지럽게 하고, 소인이 용맹만 있고 예가 없으면 도둑이 되느니라.

☞ 의 미

훌륭한 사람은 용맹과 예의가 어울어진 사람이다.

曾子曰 朝廷엔 莫如爵이오 鄕黨엔
증 자 왈 조 정 막 여 작 향 당

莫如齒요 輔世長民엔 莫如德이니라
막 여 치 보 세 장 민 막 여 덕

☞ 뜻풀이

증자가 말하기를, 조정에서는 작위만 같음이 없고, 향당에서는 나이만 같음이 없으며, 세상을 돕고 백성을 잘살게 하는 데는 덕만 같음이 없느니라.

☞ 의 미

벼슬의 서열, 장유의 서열, 덕을 강조한 글이다.

爵(벼슬 작) 齒(이 치) 輔(도울 보)

老少長幼는 天分秩序니
노 소 장 유 천 분 질 서

不可悖理而傷道也니라
불 가 패 리 이 상 도 야

☞ 뜻풀이

늙은이와 젊은이, 어른과 어린이는 하늘이 나누어준 차례이니, 이치에 어긋나게 해서 도의를 상하게 해서는 안 되느니라.

☞ 의 미

사람은 어른을 공경하고 도덕을 지켜야 한다.

出門如見大賓하고 入室如有人하라
출 문 여 견 대 빈 입 실 여 유 인

☞ 뜻풀이

문밖에 있을 때는 큰 손님을 맞는 것과 같이 하고, 방에 있을 때는 사람이 있는 것같이 하라.

☞ 의 미

사람을 대하는 것은 남이 볼때나 안볼때나 똑같이 하라.

若要人重我면 無過我重人이니라
약 요 인 중 아 무 과 아 중 인

☞ 뜻풀이

만약 남이 나를 중하게 여기기를 바란다면, 내가 남을 중히 여기는 데서 더한 것이 없느니라.

☞ 의 미

내가 잘하면 남도 나에게 잘한다.

要(요할 요)

父不言子之德하고 子不談父之過니라
부 불 언 자 지 덕 자 부 담 부 지 과

☞ 뜻풀이

아버지는 아들의 덕을 말하지 말 것이며, 자식은 아버지의 허물을 말하지 아니할지니라.

☞ 의 미

자식의 잘함을 나타내지 말고 어버이의 허물을 드러내지 말라.

過(허물 과)

言 語 篇
언 어 편

劉會曰 言不中理면 不如不言이니라
유 회 왈 언 부 중 리 불 여 불 언

一言不中이면 千語無用이니라
일 언 부 중 천 어 무 용

☞ 뜻풀이

유회가 말하기를, 말이 이치에 맞지 않으면 말하지 아니함만 같지 못하고 한 마디 말이 맞지 않으면 천 마디 말이 쓸데없느니라.

☞ 의 미

말은 반드시 이치에 맞아야 하니 깊게 생각해서 해야 한다.

君平이 曰 口舌者는 禍患之門이오
군 평 왈 구 설 자 화 환 지 문

滅身之斧也니라
멸 신 지 부 야

☞ 뜻풀이

군평이 말하기를, 입과 혀는 화와 근심을 불러들이는 문이고, 몸을 망하게 하는 도끼와 같은 것이니라.

☞ 의 미

많은 재앙이 혀에서 나오니 조심하라는 뜻이다.

斧(도끼 부) 禍(재앙 화)

利人之言은 煖如綿絮하고 傷人之語는
이 인 지 언　난 여 면 서　상 인 지 어

利如荊棘하여 一言利人에 重値千金이오
이 여 형 극　일 언 이 인　중 치 천 금

一語傷人에 痛如刀割이니라
일 어 상 인　통 여 도 할

☞ 뜻풀이

사람을 이롭게 하는 말은 따뜻하기 솜과 같고 사람을 상하게 하는 말은 날카롭기 가시 같아서, 한 마디 말이 사람을 이롭게 함에 무겁기가 천금과 같고 한 마디 말이 사람을 상하게 함에 아프기가 칼로 베는 것과 같으니라.

☞ 의 미

남을 이롭게 할 수 있는 말은 하되 남을 해롭게 하는 말은 삼가하라.

綿(솜 면) 利(날카로울 리) 値(값 치) 荊(개 형) 棘(가시 극) 絮(솜 서)

口是傷人斧요 言是割舌刀니
구 시 상 인 부　언 시 할 설 도

閉口深藏舌이면 安身處處牢니라
폐 구 심 장 설　안 신 처 처 로

☞ 뜻풀이

입은 곧 사람을 상하게 하는 도끼요 말은 곧 혀를 베는 칼이니, 입을 다물고 혀를 깊이 감추면 몸이 편안하고 어디에서나 안온할 것이니라.

逢人且說三分話하되 未可全抛一片心이니
봉 인 차 설 삼 분 화　미 가 전 포 일 편 심

不怕虎生三個口요 只恐人情兩樣心이니라
불 파 호 생 삼 개 구　지 공 인 정 양 양 심

☞ 뜻풀이

사람을 만나서 말을 하게 되면 십분의 삼만 하되, 자기가 지니고 있는 한 조각 마음을 다 버리지 말 것이니, 호랑이에게 세 개의 입이 나 있을까 두려워하지 말고, 오직 사람 마음의 두 가지 마음을 두려워할 것이니라.

☞ 의 미

상대방의 마음을 모르니 조심해서 말하라.

抛(버릴 포)

酒逢知己千鍾少요 話不投機一句多니라
주 봉 지 기 천 종 소 　 화 불 투 기 일 구 다

☞ 뜻풀이

술은 뜻이 통하는 친구를 만나면 천 잔도 적고, 말은 기회를 맞추지 못하면 한마디도 많으니라.

☞ 의 미

친구와 술은 마시면 취하는 줄 모르고, 뜻이 통하지 않는 사람과는 한마디 말도 어렵다.

鍾(술잔 종) 逢(만날 봉) 幾(기계 기)

交友篇
교 우 편

子曰 與善人居에 如入芝蘭之室하여
자 왈 여선인거 여입지란지실

久而不聞其香하되 卽與之化矣요
구 이 불 문 기 향 즉 여 지 화 의

與不善人居에 如入鮑魚之肆하여
여 불 선 인 거 여 입 포 어 지 사

久而不聞其臭하되 亦與之化矣니
구 이 불 문 기 취 역 여 지 화 의

丹之所藏者는 赤하고 漆之所藏者는
단 지 소 장 자 적 칠 지 소 장 자

黑이라 是以로 君子는
흑 시 이 군 자

必愼其所與處者焉이니라
필 신 기 소 여 처 자 언

☞ 뜻풀이

공자가 말씀하시기를, 착한 사람과 같이 살면 지초와 난초가 있는 방안에 들어간 것과 같아서 오래되어 그 향기를 맡지 못하게 되더라도 곧 이와 더불어 동화되고, 착하지 못한 사람과 같이 있으면 절인 어물가게에 들어간 것과 같아서 오래되어서는 그 냄새를 맡지 못하더라도 또한 이와 더불어 동화되나니, 단사를 지닌 사람은 붉어지고, 옻을 지닌 사람은 검어진다. 이런 까닭으로 군자는 반드시 그 함께 있을 바의 사람을 삼가야 하느니라.

☞ 의 미

친구를 사귀는데는 신중을 기해 선택해야 한다.

聞(들을 문) 丹(붉을 단) 漆(옻 칠) 愼(삼갈 신)

家語에 云하되 與好學人同行에
가 어 운 여 호 학 인 동 행

如霧露中行하여 雖不濕衣라도
여 무 로 중 행 수 불 습 의

時時有潤하고 與無識人同行에
시 시 유 윤 여 무 식 인 동 행

如厠中坐하여 雖不汚衣라도 時時聞臭니라
여 측 중 좌 수 불 오 의 시 시 문 취

☞ 뜻풀이

가어에 이르기를, 학문을 좋아하는 사람과 더불어 동행한다면 마치 안개와 이슬 속을 가는 것과 같아서 비록 옷은 적시지 않더라도 때때로 물기의 배어듦이 있고, 무식한 사람과 더불어 동행하면 마치 뒷간에 앉은 것 같아서 비록 옷은 더럽히지 않더라도 때때로 그 냄새를 맡게 되느니라.

☞ 의 미

사람은 학문을 즐겨하고 교양있는 사람과 사귀는 행동해야 자기 발전이 있다.

潤(젖을 윤) 霧(안개 무) 露(이슬 로) 濕(젖을 습) 汚(더럽힐 오)

子曰 晏平仲은 善與人交로다 久而敬之오녀
자 왈 안 평 중 선 여 인 교 구 이 경 지

☞ 뜻풀이

공자가, "안평중은 사람 사귀기를 잘했다. 오래도록 그것을 공경했다."고 하셨다.

相識은 滿天下하되 知心은 能幾人고
상식 만천하 지심 능기인

☞ 뜻풀이

서로 얼굴을 아는 사람은 세상에 가득하되, 마음을 아는 사람은 능히 몇이나 되겠는고.

☞ 의 미

마음을 아는 것이 진정한 벗이다.

酒食兄弟는 千個有로되
주식형제 천개유

急難之朋은 一個無니라
급난지붕 일개무

☞ 뜻풀이

술이나 음식을 함께 할 때에 형이니 동생이니 하는 친구는 천 명이나 있되, 급하고 어려운 일을 당하였을 때에 도와줄 친구는 하나도 없느니라.

☞ 의 미

위급할 때 가까이서 도와주는 사람이 진정한 친구이다.

不結子花는 休要種이오
불결자화 휴요종

無義之朋은 不可交니라
무의지붕 불가교

☞ 뜻풀이

열매를 맺지 않는 꽃은 심기를 꼭 그만두고, 의리 없는 친구는 사귀지 말지니라.

☞ 의 미

의리없는 벗은 사귀지 말라.

子(아들, 열매 자) 休(쉴, 그칠 휴) 要(요할, 꼭 요) 種(씨, 심을, 씨뿌릴 종)

君子之交는 淡如水하고
군 자 지 교 　 담 여 수

小人之交는 甘若醴니라
소 인 지 교 　 감 약 례

☞ 뜻풀이

군자의 사귐은 담박하기 물 같고, 소인의 사귐은 달콤하기가 단술 같으니라.

☞ 의 미

의리있는 친구를 사귀라는 의미.

淡(맑을 담) 醴(단술 례)

路遙知馬力이오 日久見人心이니라
노 요 지 마 력 　 일 구 견 인 심

☞ 뜻풀이

길이 멀어야 말의 힘을 알 수 있고, 날이 오래 지나야만 사람의 마음을 알 수 있느니라.

☞ 의 미

사람은 오래 사귀어봐야 알 수 있다.

遙(멀 요) 久(오래될 구)

婦行篇
부 행 편

益智書에 云하되 女有四德之譽하니
익 지 서 운 여 유 사 덕 지 예

一曰婦德이오 二曰婦容이오
일 왈 부 덕 이 왈 부 용

三曰婦言이오 四曰婦工也니라
삼 왈 부 언 사 왈 부 공 야

☞ 뜻풀이

익지서에 이르기를, "여자에게는 네 가지 덕의 아름다움이 있으니, 첫째로 말하면 부인으로서의 덕이요, 둘째로 말하면 부인으로서의 용모요, 셋째로 말하면 부인으로서의 말씨요, 넷째로 말하면 부인으로서의 솜씨이니라."고 하였다.

☞ 의 미

부녀의 네 가지 아름다운 덕행을 일컬은 것.

譽(아름다울 예) 容(용모 용)

婦德者는 不必才名絶異요 婦容者는
부 덕 자 불 필 재 명 절 이 부 용 자

不必顔色美麗요 婦言者는 不必辯口利詞요
불 필 안 색 미 려 부 언 자 불 필 변 구 이 사

婦工者는 不必技巧過人也니라
부 공 자 불 필 기 교 과 인 야

☞ 뜻풀이

부덕이라는 것은 반드시 재주가 있다는 평판이 뛰어나야 한다는 것이 아니요, 부용이라는 것은 반드시 얼굴이 아름답고 고움을 말함이 아니요, 부언이라는 것은 반드시 입담이 좋아서 말을 잘 하는 것이 아니요, 부공이라는 것은 반드시 교묘한 손재주가 다른 사람보다 뛰어남을 말하는 것이 아니니라.

☞ 의 미

부녀자의 네 가지 덕을 설명한 글이다.

顔(얼굴 안) 異(다를, 뛰어날 이)

其婦德者는 淸貞廉節하여 守分整齊하고
기 부 덕 자 청 정 염 절 수 분 정 제

行止有恥하며 動靜有法이니 此爲婦德也요
행 지 유 치 동 정 유 법 차 위 부 덕 야

婦容者는 洗浣塵垢하여 衣服鮮潔하며
부 용 자 세 완 진 구 의 복 선 결

沐浴及時하여 一身無穢니 此爲婦容也요
목 욕 급 시 일 신 무 예 차 위 부 용 야

婦言者는 擇詞而說하여 不談非禮하고
부 언 자 택 사 이 설 부 담 비 례

時然後言하여 人不厭其言이니
시 연 후 언 인 불 염 기 언

此爲婦言也요 婦工者는 專勤紡績하고
차 위 부 언 야 부 공 자 전 근 방 적

勿好暈酒하며 供具甘旨하여
물 호 운 주 공 구 감 지

以奉賓客이니 此爲婦工也니라
이 봉 빈 객 차 위 부 공 야

☞ 뜻풀이

부덕이라 함은 맑고 절개 곧고 염치 있고 절도가 있어 분수를 지키고 몸을 정제하며, 행동 거지에 수줍음 있고 일동 일정을 법도에 맞게 하는 것이니 이것이 부덕이 되는 것이요, 부용이라 함은 먼지나 때를 깨끗이 씻고 빨아 옷차림을 정결하게 하며, 목욕을 때때로 하여 몸에 더러움이 없게 하는 것이니 이것이 부용이 되는 것이요, 부언이라 함은 말을 가려서 하여 예의에 어긋나는 말을 하지 않고, 때가 된 뒤에야 말을 해서 사람들이 그 말을 싫어하지 않게 하는 것이니 이것이 부언이 되는 것이요, 부공이라 함은 오로지 길쌈을 부지런히 하고, 술에 취하는 것을 좋아하지 않으며, 맛 좋은 음식을 갖추어 바쳐서 손님을 접대하는 것이니 이것이 부공이 되느니라.

☞ 의 미

부녀자의 지켜야될 네 가지 덕을 자세하게 설명한 글.

洗(씻을 세) 穢(더러울 예) 厭(싫어할 염) 暈(취할 운)

此四德者는 是婦人之所不可缺者라
차 사 덕 자 시 부 인 지 소 불 가 결 자

爲之甚易하고 務之在正하니
위 지 심 이 무 지 재 정

依此而行이면 是爲婦節이니라
의 차 이 행 시 위 부 절

☞ 뜻풀이

이 네 가지 덕은 바로 부녀자로서 빠뜨릴 수 없는 것인바, 이는 행하기 매우 쉽고 이에 힘씀이 올발라야 할 것이니, 이에 의하여 행하여 나간다면 곧 부녀자로서의 범절이 되느니라.

太公이 曰 婦人之禮는 語必細니라
태 공 왈 부 인 지 례 어 필 세

☞ 뜻풀이

태공이 말하기를, "부인의 예절은 말이 반드시 가늘어야 하는 것이니라."고 하였다.

☞ 의 미

여자의 말소리는 낮고 조용해야 한다.

賢婦는 令夫貴하고 惡婦는 令夫賤이니라
현 부 영 부 귀 악 부 영 부 천

☞ 뜻풀이

어진 부인은 남편을 귀하게 하고, 악한 부인은 남편을 천하게 하느니라.

☞ 의 미

부인의 내조의 중요함을 강조함.

家有賢妻면 夫不遭橫禍니라
가 유 현 처 부 부 조 횡 화

☞ 뜻풀이

집에 어진 아내가 있으면 남편이 뜻밖의 화를 만나지 않느니라.

☞ 의 미

어진 아내는 남편을 곤경에서 구한다.

遭(만날 조)

賢婦는 和六親하고 佞婦는 破六親이니라
현 부 화 육 친 영 부 파 육 친

☞ 뜻풀이

어진 부인은 육친을 화목하게 하고, 아첨하는 부인은 육친의 화목을 깨뜨리느니라.

☞ 의 미

어진 여자는 친척간의 화목에 힘을 기울인다.

破(깨뜨릴 파)

增 補 篇
증 보 편

周易에 曰 善不積이면 不足以成名이오
주역 왈 선부적 부족이성명

惡不積이면 不足以滅身이어늘 小人은
악부적 부족이멸신 소인

以小善으로 爲无益而弗爲也하고
이소선 위무익이불위야

以小惡으로 爲无傷而弗去也니라
이소악 위무상이불거야

故로 惡積而不可掩이오 罪大而不可解니라
고 악적이불가엄 죄대이불가해

☞ 뜻풀이

주역에 이르기를, "선을 쌓지 않으면 족히 이름을 이룰 수 없을 것이요, 악을 쌓지 않으면 몸을 망치기에는 족하지 못하거늘, 소인은 조그마한 선으로써는 이로움이 없다고 해서 행하지 않고, 조그마한 악으로써는 손상됨이 없다고 해서 버리지 않는다. 그러므로 악이 쌓이면 가리우지 못할 것이요 죄가 크면 풀지 못하느니라."고 하였다.

☞ 의 미

선은 작은 것이라도 하고, 악은 작은 것이라도 하지 말라.

无(없을 무) 弗(아닐 불) 去(갈 거)

履霜하면 堅氷至라하니 臣弑其君하며
이 상 　 견 빙 지 　 신 시 기 군

子弑其父가 非一旦一夕之事라
자 시 기 부 　 비 일 단 일 석 지 사

其由來者漸矣니라
기 유 래 자 점 의

☞ 뜻풀이

서리를 밟으면 굳은 얼음이 다다른다 하니, 신하가 그 임금을 죽이며 자식이 그 아비를 죽이는 것이 하루 아침이나 하루 저녁에 이루어지는 일이 아니라, 그 말미암음이 오래 되었음이니라.

☞ 의 미

불흉과 불화의 원인은 깊은 곳에 있다.

弑(죽일 시) 漸(점점 점)

八 反 歌
팔 반 가

幼兒或詈我하면 我心에 覺懽喜하고
유 아 혹 이 아 아 심 각 환 희

父母嗔怒我하면 我心에 反不甘이라
부 모 진 노 아 아 심 반 불 감

一懽喜一不甘하니 待兒待父心何懸고
일 환 희 일 불 감 대 아 대 부 심 하 현

勸君今日逢親怒어든 也應將親作兒看하라
권 군 금 일 봉 친 노 야 응 장 친 작 아 간

☞ 뜻풀이

어린 아이가 혹 나를 꾸짖으면 나는 마음에 기쁨을 느끼고, 아버지와 어머니가 나에게 성을 내면 나의 마음에 도리어 달갑지 않다. 하나는 기쁘고 하나는 달갑지 아니하니 아이를 대하는 마음과 어버이를 대하는 마음이 어찌 그다지도 현격한고, 그대에게 권하노니, 오늘 어버이의 노여움을 당하거든 또한 어버이도 아이와 같이 보아 넘기도록 할지니라.

反(돌이킬 반) 君(그대 군, 임금 군) 逢(만날 봉)

兒曹는 出千言하되 君聽常不厭하고
아 조 출 천 언 군 청 상 불 염

父母는 一開口하면 便道多閑管이라
부 모 일 개 구 변 도 다 한 관

非閑管親掛牽이며 皓首白頭多諳諫이라
비 한 관 친 괘 견 호 수 백 두 다 암 간

勸君敬奉老人言하고 莫敎乳口爭長短하라
권 군 경 봉 노 인 언 막 교 유 구 쟁 장 단

☞ 뜻풀이

어린 자식들은 천 마디나 말을 해도 그대가 듣기에는 싫어하지 않고, 어버이는 한번 입을 열면 곧 부질없이 간섭이 많다 한다. 부질없이 간섭함이 아니라 어버이는 걱정이 되어 그러는 것이며, 흰 머리가 되도록 긴 세월에 아주 익숙하게 아는 것이 많아서이니라. 그대에게 권하노니, 노인의 말씀을 공경하여 받들고, 젖내나는 어린 아이들에게 길고 짧음을 다투지 말게 할지니라.

便(문득 변) 道(말할 도, 길 도) 敎(가르칠 교)

幼兒屎糞穢는 君心無厭忌로되
유 아 시 분 예 군 심 무 염 기

老親涕唾零은 反有憎嫌意라
노 친 체 타 령 반 유 증 혐 의

六尺軀來何處오 父精母血成汝體라
육 척 구 래 하 처 부 정 모 혈 성 여 체

勸君敬待老來人하라 壯時爲爾筋骨敝니라
권 군 경 대 노 래 인 장 시 위 이 근 골 폐

☞ 뜻풀이

어린 아이의 똥오줌 같은 더러운 것은 그대 마음에 싫어함이 없지만, 늙은 어버이의 눈물과 침이 떨어지는 것은 도리어 미워하고 싫어하는 뜻이 있느니라. 여섯 자나 되는 몸이 어디서 왔는고. 아버지의 정기와 어머니의 피로 너의 몸이 이루어졌느니라. 그대에게 권하노니, 늙어가는 사람을 공경하여 대접하라. 젊었을 때 그대를 위하여 살과 뼈가 닳도록 애를 쓰셨느니라.

穢(더러울 예) 屎(오줌 시) 糞(똥 분) 筋(살 근)

看君晨入市하여 買餠又買餻하니
간군신입시 매병우매고

少聞供父母하고 多說供兒曹라
소문공부모 다설공아조

親未啖兒先飽하니 子心이 不比親心好라
친미담아선포 자심 불비친심호

勸君多出買餠錢하여 供養白頭光陰少하라
권군다출매병전 공양백두광음소

☞ 뜻풀이

그대가 새벽에 저자로 들어가서 떡을 사는 것을 보면, 부모에게 드린다는 말은 별로 듣지 못하고 자식들에게 준다는 말을 많이 한다. 어버이는 아직 삼키지도 아니하였는데 자식이 먼저 배부르니, 자식된 마음은 부모된 마음이 좋아하는 것에 비하지 못하리라. 그대에게 권하노니, 떡을 살 돈을 많이 내어, 살아 계실 날이 얼마 남지 않은 늙은 어버이를 공양하라.

晨(새벽 신) 市(저자 시) 供(이바지할 공) 餠(떡 병)

市間賣藥肆에 惟有肥兒丸하고
시간매약사 유유비아환

未有壯親者하니 何故兩般看고
미유장친자 하고양반간

兒亦病親亦病에 醫兒不比醫親症이라
아역병친역병 의아불비의친증

割股라도 還是親的肉이니
할고 환시친적육

勸君亟保雙親命하라
권 군 극 보 쌍 친 명

☞ 뜻풀이

시장에 있는 약 파는 가게에 오직 아이를 살찌게 하는 약은 있고 어버이를 튼튼하게 하는 약은 없으니, 이 두 가지를 무슨 까닭으로 보는고. 아이도 병들고 어버이도 병들었을 때 아이의 병을 고치는 것은 어버이의 병을 고치는 것에 비하지 못할 것이니라. 다리의 살을 베어 부모 병을 고치는 일이 있더라도, 이는 도로 어버이의 살이라, 그대에게 권하노니 빨리 양친의 목숨을 보전케 하라.

醫(의원 의) 肥(살찔 비)

富貴에 養親易로되 親常有未安하고
부 귀 양 친 이 친 상 유 미 안

貧賤에 養兒難하되 兒不受饑寒이라
빈 천 양 아 난 아 불 수 기 한

一條心兩條路에 爲兒終不如爲父라
일 조 심 양 조 로 위 아 종 불 여 위 부

勸君兩親如養兒하고 凡事莫推家不富하라
권 군 양 친 여 양 아 범 사 막 추 가 불 부

☞ 뜻풀이

부하고 귀하면 어버이를 봉양하기 쉬우나 어버이는 항상 편치 못함이 있고, 가난하고 천하면 아이를 기르기 어려우나 아이는 배고프고 추운 것을 받지 않는다. 한 가지 마음과 두 가지 길에 아들을 위함이 마침내 어버이를 위함만 같지 못하느니라. 그대에게 권하노니, 부모님 봉양하기를 아이를 기르는 것과 같이 하고, 모든 일을 집이 넉넉하지 못한 데만 미루지 말 것이니라.

易(쉬울 이) 終(마칠 종) 饑(배고플 기)

養親엔 只有二人이로되 常與兄弟爭하고
양 친 지 유 이 인 상 여 형 제 쟁

養兒엔 雖十人이나 君皆獨自任이라
양 아 수 십 인 군 개 독 자 임

兒飽煖親常問하되 父母饑寒不在心이라
아 포 난 친 상 문 부 모 기 한 부 재 심

勸君養親을 須竭力하라
권 군 양 친 수 갈 력

當初衣食이 被君侵이니라
당 초 의 식 피 군 침

☞ 뜻풀이

어버이를 받들고 섬기기에는 다만 두 사람인데 늘 형과 동생이 서로 다투고, 아이를 기름에는 비록 열 사람이나 된다 하더라도 모두 자기 혼자 맡느니라. 아이가 배부르고 따뜻한 것은 어버이가 늘 물으나, 어버이의 배고프고 추운 것은 마음에 두지 않는다. 그대에게 권하노니, 어버이 봉양하기에 모름지기 힘을 다하라. 당초에 입는 것과 먹는 것이 그대에게 빼앗김을 입었느니라.

飽(배부를 포) 煖(따뜻할 난) 須(모름지기 수)

親有十分慈하되 君不念其恩하고
친 유 십 분 자 군 불 념 기 은

兒有一分孝하되 君就揚其名이라
아 유 일 분 효 군 취 양 기 명

待親暗待兒明하니 誰識高堂養子心고
대 친 암 대 아 명 수 식 고 당 양 자 심

勸君漫信兒曹孝하라 兒曹親子在君身이니라
권 군 만 신 아 조 효 　 아 조 친 자 재 군 신

☞ 뜻풀이

어버이는 십분 그대를 사랑하나 그대는 그 은혜를 생각하지 아니하고, 자식이 조금이라도 효도함이 있으면 그대는 나아가 그 이름을 드러내려 한다. 어버이를 대접하는 것은 어둡고 자식을 대하는 것은 밝으니, 누가 어버이의 자식 기르는 마음을 알 것인고. 그대에게 권하노니, 부질없이 자식들이 효도한다고 믿거든, 자식들의 어버이 되고 어버이의 자식 됨이 그대 몸에 있음을 알지니라.

孝行篇 (續編)
효 행 편 속 편

孫順이 家貧하여 與其妻로 傭作人家
손 순 가 빈 여 기 처 용 작 인 가

以養母할새 有兒每奪母食이라 順이
이 양 모 유 아 매 탈 모 식 순

謂妻曰 兒奪母食하니 兒는 可得이어니와
위 처 왈 아 탈 모 식 아 가 득

母難再求라하고 乃負兒往歸醉山北郊하여
모 난 재 구 내 부 아 왕 귀 취 산 북 교

欲埋掘地러니 忽有甚奇石鐘이어늘
욕 매 굴 지 홀 유 심 기 석 종

驚恠試撞之하니 舂容可愛라 妻曰
경 괴 시 당 지 용 용 가 애 처 왈

得此奇物은 殆兒之福이라 埋之不可라하니
득 차 기 물 태 아 지 복 매 지 불 가

順이 以爲然하여 將兒與鐘還家하여
순 이 위 연 장 아 여 종 환 가

懸於樑撞之러니 王이 聞하고 鐘聲이
현 어 량 당 지 왕 문 종 성

淸遠異常하여 而覈聞其實하고 曰 昔에
청 원 이 상 이 핵 문 기 실 왈 석

郭巨埋子에 天賜金釜러니 今에 孫順이
곽거매자 천사금부 금 손순

埋兒엔 地出石鐘하니 前後符同이라하고
매아 지출석종 전후부동

賜家一區하고 歲給米五十石하니라
사가일구 세급미오십석

☞ 뜻풀이

손순이 집이 가난하여 그의 아내와 더불어 남의 집에 고용되어 일을 함으로써 그 어머니를 봉양하였는데, 아이가 있어 언제나 어머니의 잡수시는 것을 뺏는지라, 순이 아내에게 일러 말하기를, "아이가 어머니의 잡수시는 것을 빼앗으니 아이는 또 얻을 수 있거니와 어머니는 다시 얻기 어려우니라."하고, 곧 아이를 업고 취산 북쪽 교외로 가서 묻으려고 땅을 팠더니 문득 심히 이상한 석종이 있거늘, 놀랍고 이상하게 여기어 시험삼아 두드려 보니 울리는 소리가 사랑스러웠다. 아내가 말하기를, "이 기이한 물건을 얻은 것은 거의 아이의 복이니 아이를 땅에 묻는 것은 옳지 못한 일이라."하니, 순도 그렇게 생각해서 아이를 데리고 종을 가지고 집으로 돌아와서 대들보에 달고 이것을 두드렸더니, 임금이 들음에 종소리가 맑고 멀리 들리며 이상스러워서 그 사실을 자세히 조사케 하여 듣고 말하기를, "옛적에 곽거가 아들을 묻었을 때엔 하늘이 금으로 만든 솥을 주시었더니 이제 손순이 아들을 묻음에는 땅에서 석종이 나왔으니 앞과 뒤가 서로 꼭 맞는다."고 말하고 집 한 채를 주고 해마다 쌀 오십 석을 주었느니라.

忽(홀연 홀) 驚(놀랄 경) 殆(거의 태)

尙德은 値年荒癘疫하여 父母飢病瀕死라
상덕 치연황여역 부모기병빈사

尙德이 日夜不解衣하고 盡誠安慰하되
상덕 일야불해의 진성안위

無以爲養則刲髀肉食之하고 母發癰에
무이위양즉규비육식지 모발옹

吮之卽瘉라 王이 嘉之하여 賜賚甚厚하고
연지즉유 왕 가지 사뢰심후

命旌其門하고 立石紀事하니라
명정기문 입석기사

☞ 뜻풀이

상덕은 흉년과 열병이 유행하는 때를 만나서 아버지와 어머니가 굶주리고 병들어 거의 죽게 된지라, 상덕이 낮이나 밤이나 옷을 풀지 않고 정성을 다하여 안심을 하도록 위로하였으되 봉양할 것이 없으므로 넓적다리 살을 베어 잡수시도록 하고, 어머니가 종기가 남에 빨아서 곧 낫게 하니라. 왕이 이를 어여삐 여겨 물건을 후하게 내리고, 그 집 문앞에 정문을 세울 것을 명하고, 비석을 세워 이 일을 기록케 하니라.

値(당할 치) 賜(내릴 사) 旌(정문 정)

都氏는 家貧至孝라 賣炭買肉하여 無闕
도씨 가빈지효 매탄매육 무궐

母饌이러라 一日은 於市에 晩而忙歸러니
모찬 일일 어시 만이망귀

鳶忽攫肉이어늘 都悲號至家하니 鳶旣投
연홀확육 도비호지가 연기투

肉於庭이러라 一日은 母病索非時之紅
육어정 일일 모병색비시지홍

柹어늘 都彷徨柹林하여 不覺日昏이러니
시 도방황시림 불각일혼

有虎屢遮前路하고 以示乘意라 都乘至
유호누차전로 이시승의 도승지

百餘里山村하여 訪人家投宿이러니 俄而
백여리산촌 방인가투숙 아이

主人이 饋祭飯而有紅柹라 都喜問柹
주인 궤제반이유홍시 도희문시

之來歷하고 且述己意한대 答曰 亡父嗜
지내력 차술기의 답왈 망부기

柹 故로 每秋擇柹二百個하여 藏諸窟
시 고 매추택시이백개 장제굴

中而至此五月則完者不過七八이라가
중이지차오월즉완자불과칠팔

今得五十個完者 故로 心異之러니
금득오십개완자 고 심이지

是天感君孝라하고 遺以二十顆어늘 都謝
시천감군효 유이이십과 도사

出門外하니 虎尚俟伏이라 乘至家하니
출문외 호상사복 승지가

曉鷄喔喔이러라 後에 母以天命으로 終에
효계악악 후 모이천명 종

都有血淚러라
도유혈루

☞ 뜻풀이

도씨는 집은 가난하나 효도가 지극하였다. 숯을 팔아 고기를 사서 어머니의 반찬을 빠짐없이 하였다. 하루는 장에서 늦게 바삐 돌아오는데 솔개가 홀연히 고기를 채 가거늘, 도씨가 슬피 울며 집에 돌아와서 보니 솔개가 벌써 고기를 집뜰에 던져 놓았더라. 하루는 어머니가 병이 나서 때아닌 홍시(紅柿)를 찾거늘 도씨가 감나무 수풀에 가서 방황하여 날이 저문 것도 모르고 있으려니, 호랑이가 있어 여러 번 앞길을 가로막으며 타라고 하는 뜻을 나타내는지라, 도씨가 타고 백여리나 되는 산촌에 이르러 사람 사는 집을 찾아 잠을 잤더니, 얼마 안 되어서 주인이 제삿밥을 차려 주는데 홍시가 있는지라 도씨가 기뻐하여 감의 내력을 묻고 또 자기의 뜻을 말하였더니, 대답하여 말하기를, "돌아가신 아버지가 감을 즐기시므로 해마다 가을에 감을 이백 개를 가려서 모두 굴 안에 저장해 두나 이 오월에 이르면 상하지 않은 것이 7, 8개에 지나지 아니하였는데, 이번엔 쉰 개의 상하지 아니한 것을 얻었으므로 마음속에 이를 이상스럽게 여겼더니, 이것은 곧 하늘이 그대의 효성에 감동한 것이라."하고 스무 개를 내주거늘 도씨가 감사한 뜻을 말하고 문밖에 나오니, 호랑이는 아직도 엎디어 기다리고 있는지라, 호랑이를 타고 집에 돌아오니 새벽 닭이 울더라. 뒤에 어머니가 천명으로 돌아가심에 도씨는 피눈물을 흘리더라.

鳶(솔개 연) 索(찾을 색) 嗜(즐길 기) 屢(여러 루) 訪(찾을 방) 尙(오히려 상)

廉 義 篇
염 의 편

印觀이 賣綿於市할새 有署調者以穀買
인 관 매 면 어 시 유 서 조 자 이 곡 매

之而還이러니 有鳶이 攫其綿하여 墮印觀
지 이 환 유 연 확 기 면 타 인 관

家어늘 印觀이 歸于署調曰 鳶墮汝綿
가 인 관 귀 우 서 조 왈 연 타 여 면

於吾家라 故로 還汝하노라 署調曰 鳶이
어 오 가 고 환 여 서 조 왈 연

攫綿與汝는 天也라 吾何爲受리오 印觀
확 면 여 여 천 야 오 하 위 수 인 관

曰 然則還汝穀하리라 署調曰 吾與汝
왈 연 즉 환 여 곡 서 조 왈 오 여 여

者 市二日이니 穀已屬汝矣라하고 二人이
자 시 이 일 곡 이 속 여 의 이 인

相讓이라가 幷棄於市하니 掌市官이
상 양 병 기 어 시 장 시 관

以聞王하여 竝賜爵하니라
이 문 왕 병 사 작

☞ 뜻풀이

인관이 장에서 솜을 파는데 서조라는 사람이 있어 곡식으로써 이것을 사 가지고 돌아가더니, 솔개가 있어 그 솜을 채 가지고 인관의 집에 떨

어뜨렸거늘 인관이 서조에게 돌아와서 말하기를, "솔개가 너의 솜을 내 집에 떨어뜨렸으므로 너에게 돌려보낸다."하니 서조가 말하기를, "솔개가 솜을 채다가 너에게 준 것은 하늘이 시킨 것이다. 내가 어찌 받을 수 있겠는가."고 하였다. 인관이 말하기를, "그렇다면 너의 곡식을 돌려보내리라."하니 서조가 말하기를, "내가 너에게 준 지가 두 장이 되었으니 곡식은 이미 너에게 속한 것이니라."고 하고, 두 사람이 서로 사양하다가 솜과 곡식을 다 함께 장에 버리니, 장을 맡아 다스리는 관원이 이 사실을 임금께 아뢰어서 다같이 벼슬을 주었느니라.

墮(떨어질 타) 與(줄 여) 聞(들을, 알릴 문)

洪耆燮이 少貧甚無料러니 一日早에
홍 기 섭 소 빈 심 무 료 일 일 조

婢兒踊躍獻七兩錢曰 此在鼎中하니
비 아 용 약 헌 칠 량 전 왈 차 재 정 중

米可數石이오 柴可數駄니 天賜天賜니다
미 가 수 석 시 가 수 태 천 사 천 사

公이 驚曰 是何金고 卽書失金人推去等
공 경 왈 시 하 금 즉 서 실 금 인 추 거 등

字하여 付之門楣而待러니 俄而姓劉者來
자 부 지 문 미 이 대 아 이 성 유 자 내

問書意어늘 公이 悉言之한대 劉曰 理無失
문 서 의 공 실 언 지 유 왈 이 무 실

金於人之鼎內하니 果天賜也라 盍取之니잇고
금 어 인 지 정 내 과 천 사 야 합 취 지

公이 曰 非吾物에 何오 劉俯伏曰 小的이
공 왈 비 오 물 하 유 부 복 왈 소 적

昨夜에 爲竊鼎來라가 還憐家勢蕭條而施
작야 위절정래 환련가세소조이시

之러니 今感公之廉价하고 良心自發하여
지 금감공지염개 양심자발

誓不更盜하고 願欲常侍하오니 勿慮取之
서불갱도 원욕상시 물려취지

하소서 公이 卽還金曰 汝之爲良則善矣나
공 즉환금왈 여지위량즉선의

金不可取라하고 終不受러라 後에 公이 爲判
금불가취 종불수 후 공 위판

書하고 其子在龍이 爲憲宗國舅하며
서 기자재룡 위헌종국구

劉亦見信하여 身家大昌하니라
유역견신 신가대창

☞ 뜻풀이

홍기섭이 젊었을 때 심히 가난하여 말할 수 없더니 하루는 아침에 어린 계집종이 기쁜 듯이 뛰어와서 돈 일곱냥을 바치며, "이것이 솥 속에 있었습니다. 이만하면 쌀이 몇 섬이요, 나무가 몇 바리입니다. 참으로 하늘이 주신 것입니다."고 함에 공이 놀라서 말하기를, "이것이 어찌 된 돈인고."하고 곧 돈 잃은 사람은 와서 찾아가라는 등의 글을 써서 이를 대문 위에 붙여 두고 기다렸더니, 얼마 아니 되어 성이 유라는 사람이 찾아와 글뜻을 물었다. 공이 하나도 빠짐없이 말해주니 유가 말하기를, "남의 솥 속에다 돈을 잃을 사람이 있을리가 없습니다. 참으로 하늘이 주신 것인데 왜 이를 취하지 않으시는 것입니까."라 했다. 공이 말하기를, "나의 물건이 아닌데 어찌 하겠소?" 하니 유가 꿇어엎드리며 말하기를, "소인이 어젯밤 솥을 훔치러 왔다가 도리어 가세가 쓸쓸한 것을 불

쌍히 여겨 이것을 놓고 돌아갔더니, 이제 공의 염결함에 감복되고 양심이 스스로 움직여 다시는 도둑질을 아니 할 것을 맹세하옵고 늘 모시기를 원하오니 걱정마시고 이것을 취하시기를 바랍니다."고 했다. 공이 곧 돈을 돌려주며 말하기를, "네가 좋은 사람이 된 것은 참 좋으나 돈은 취할 수 없느니라."하고 끝끝내 받지 않았다. 뒤에 공은 판서가 되고 그의 아들 재룡이 헌종(憲宗)의 장인이 되었으며, 유도 또한 신임을 얻어서 몸과 집안이 크게 번영하였느니라.

早(일찍 조) 獻(드릴 헌) 柴(땔나무 시)
憐(불쌍할 련)

高句麗平原王之女가 幼時에 好啼러니
고 구 려 평 원 왕 지 녀 유 시 호 제

王이 戲曰 以汝로 將歸于愚溫達하리라
왕 희 왈 이 여 장 귀 우 우 온 달

及長에 欲下嫁于上部高氏한대 女以王不
급 장 욕 하 가 우 상 부 고 씨 여 이 왕 불

可食言으로 固辭하고 終爲溫達之妻하다 蓋
가 식 언 고 사 종 위 온 달 지 처 개

溫達이 家貧하여 行乞養母러니 時人이 目
온 달 가 빈 행 걸 양 모 시 인 목

爲愚溫達也러라 一日은 溫達이 自山中으로
위 우 온 달 야 일 일 온 달 자 산 중

負楡皮而來하니 王女訪見曰 吾乃子之
부 유 피 이 래 왕 녀 방 견 왈 오 내 자 지

匹也라하고 乃賣首飾而買田宅器物하여 頗
필 야 내 매 수 식 이 매 전 택 기 물 파

富하고 多養馬以資溫達하여 終爲顯榮하니라
부　　다양마이자온달　　종위현영

☞ 뜻풀이

고구려 평원왕의 딸이 어렸을 때 울기를 잘 하더니 왕이 희롱하여 말하기를, "너는 장차 바보 온달에게 시집보내리라."고 했다. 자람에 상부 고씨에게 시집을 보내려고 하니, 딸이 임금으로서 식언할 수 없다하여 굳이 사양하고 마침내 온달의 아내가 되었다. 대저 온달은 집이 가난하여 다니며 빌어다가 어머니를 봉양하니 그때 사람들이 보고 바보 온달이라고 하였다. 하루는 온달이 산속으로부터 느릅나무 껍질을 짊어지고 돌아오니 왕녀가 찾아와 보고 말하기를, "나는 바로 그대의 아내라."하고 곧 수식을 팔아 밭과 집과 살림 그릇을 사서 매우 부유해지고, 말을 많이 길러 온달을 도와서 마침내 이름이 나타나고 영달하게 되었느니라.

歸(돌아올 귀) 盖(대개 개) 目(눈 목) 自(부터 자) 頗(자못 파)

資(재물, 도울 자)

勸 學 篇
권 학 편

朱子曰 勿謂今日不學而有來日하며
주 자 왈 물 위 금 일 불 학 이 유 내 일

勿謂今年不學而有來年하라 日月逝矣라
물 위 금 년 불 학 이 유 내 년 일 월 서 의

歲不我延이니 嗚呼老矣라 是誰之愆고
세 불 아 연 오 호 노 의 시 수 지 건

☞ 뜻풀이

주자가 말하기를, "오늘 배우지 아니하고서 내일이 있다고 말하지 말며, 올해에 배우지 아니하고서 내년이 있다고 말하지 말라. 날과 달은 가서 세월은 나를 위해서 더디 가지 않느니라. 아! 늙었도다. 이 누구의 허물인고."라 하였다.

☞ 의 미

배움의 중요성을 강조한 글이다.

愆(허물 건)

少年은 易老하고 學難成하니 一寸光陰이라도
소 년 이 로 학 난 성 일 촌 광 음

不可輕하라 未覺池塘에 春草夢인대
불 가 경 미 각 지 당 춘 초 몽

階前梧葉이 已秋聲이라
계 전 오 엽 이 추 성

☞ 뜻풀이

소년은 늙기 쉽고 학문은 이루기 어려우니, 짧은 시간이라도 가벼이 여기지 말라. 아직 못가의 봄 풀은 꿈에서 깨어나지 못했는데 섬돌 앞의 오동나무 잎은 벌써 가을 소리를 내느니라.

☞ 의 미

배울 시기는 많지 않으니 작은 시간이라도 아껴서 배우라.

陶淵明詩에 云하되 盛年은 不重來하고
도연명시 운 성년 부중래

一日은 難再晨이니 及時當勉勵하라
일일 난재신 급시당면려

歲月은 不待人이니라
세월 부대인

☞ 뜻풀이

도연명의 시에 이르기를, "젊은 때는 두 번 거듭 오지 아니하고, 하루에 새벽도 두 번 있지 않나니, 때가 되거든 마땅히 학문에 힘쓰라. 세월은 사람을 기다리지 않느니라."고 하였다.

☞ 의 미

세월은 사람을 기다리지 않으니 젊어서 배워라.

晨(새벽 신)

筍子曰 不積蹞步면 無以至千里요
순자왈 부적규보 무이지천리

不積小流면 無以成江河니라
부적소류 무이성강하

☞ 뜻풀이

순자가 말하기를, "반 걸음을 쌓지 않으면 천리에 이르지 못할 것이요,

작게 흐르는 물이 모이지 않으면 강하를 이룩하지 못할 것이니라."

☞ 의 미

큰 일도 작은 것이 모여서 이루어진다.

원본해설

명 심 보 감

초판 1쇄 인쇄　1995년 11월 20일
재판 35쇄 발행　2016년 10월 10일

발행인　김경운(조운)
발행처　우성출판사
주 소　서울시 강동구 성내동 84-15
등록번호　등록 제 2003-000021호
전 화　02)2236-1832
팩 스　02)2236-1833

* 잘못 만들어진 책은 교환해 드립니다.
ISBN 89-7584-072-7 03810